乡村书系列二 /

新疆美术摄影出版社
新疆电子音像出版社

我在上空飞翔

李治邦 著

图书在版编目(CIP)数据

我在上空飞翔 / 李治邦著. -- 乌鲁木齐：新疆美
术摄影出版社：新疆电子音像出版社, 2012.4
ISBN 978-7-5469-2276-8

Ⅰ.①我… Ⅱ.①李… Ⅲ.①散文集-中国-当代
Ⅳ.①I267

中国版本图书馆 CIP 数据核字(2012)第 063869 号

责任编辑　龚冰莹
封面设计　王　芬
封面绘图　轩辕文慧

我在上空飞翔

著　　者　李治邦
出　　版　新疆美术摄影出版社
　　　　　新疆电子音像出版社
地　　址　乌鲁木齐市经济技术开发区科技园路 7 号
邮　　编　830011
制　　作　乌鲁木齐标杆集书刊设计有限公司
发　　行　新华书店
印　　刷　北京德富泰印务有限公司
开　　本　787 mm×1092 mm　　1/16
印　　张　10.5
字　　数　100 千字
版　　次　2012 年 5 月第 1 版
印　　次　2012 年 5 月第 1 次印刷
书　　号　ISBN 978-7-5469-2276-8
定　　价　23.00 元

自　序

　　从小我就爱读散文，尤其喜欢读杨朔的散文。他的散文语言很美，三言两语就能创造出一个个耐人寻味的意境。再有，就是朱自清的散文。我觉得他的散文朴实无华，能折射出许多人生的道理以及丰厚的情感世界。后来，阅读散文的视野宽了，开始喜欢梁实秋和周作人的散文，他们是说人怎么活着，主要的感觉就是真实。说来，散文是一种直抒胸臆的文体。它绝对不同于小说，没有那么虚构，也没那么情节化和故事性；它不同于诗歌，没有那么夸张和讲究韵律，没有纵横上下对社会的呼唤。散文其实就是真实地记录一种心境，讲述你真实的感受。

　　现在读的散文，总觉得有些是在标榜自己，或者是张扬自己的一种什么理论。我觉得那不如你就写随笔或者杂文，散文贵在于真实，这个真实不是你的思想，而是你的思想在生活和社会上的真实反映。我喜欢散文，说穿了就是喜欢它的真情，而真情又来源于一系列的真在。没有真在就没有其真情。很早，我读朱自清的《背影》，读到了朱自清对父亲的一种血脉情意，这种情意是朱自清真正地感受到了。我的父亲去世几年了，春节前我去墓地看望他老人家，离开墓地时，我看到暮色里的墓碑，就恍惚看到父亲那倔强不屈的背影，就情不自禁地想起朱自清父亲的背影。可想，这一篇散文的力量有多么宏大。我读朱自清的另一篇散文《荷塘月色》，尽管这是一篇写大自然的散文，但作者独特的对自然的情怀，也使我每逢见到绿水满池的景色时，也情不自禁地有了陶醉。特别是前不久去美国的旧金山，在艺术宫那片绿池前，我突然情不自禁地读起了《河塘月色》里的部分章节，当然这种陶醉也来自于朱自清的笔端，来自于他眼睛里真真实实的世界。

我翻阅起过去自己的散文，觉得怎么看都有点假，于是就脸红心热，散文就是不要粉饰自己的生活。散文于作者的生活是如出一辙。你的生活在粉饰、在掩盖、在戴着假面具、在无病呻吟，于是你的散文也会于你一样在玩命儿地作虚伪状。

　　有人说，散文就是闲着没事的时候用笔去消遣，我很讨厌这种论调，创作散文必须是严肃的，你不能篡改你的真实，而故意去迎合什么或者发泄什么。散文若是欺骗了读者，就是你的人格在欺骗读者。我常看到一些作家的散文在夸张什么，或者像小说一样在编撰什么，或者利用散文在抬高什么身价，这都是令人作呕的。散文容不得半点儿的虚构，特别是那种所谓内心的虚构，你不是那么想，或者想的不那么深刻，于是你就在散文里充实你的内心，或者摘抄别人的填充进去，散文不能是急功近利的工具。

　　说起散文的语言，都说要美，于是就开始散文是美文一说，阅读者就有了误区，认为美的语言是散文的。散文的语言关键是要真。无论你是唯美的，还是写实的，都要道出一个真字。有了"真"，就是有了美，就是有了善。杨朔的散文尽管是在那个年代，也洋溢出一种真的语言，丝毫不华丽，读起来朗朗上口，既生动又形象。当然，写这种真的语言是要下一番真的功夫，这真功夫也源于你内心的艺术陶冶和人文态度。散文除了有至真的语言外，还应该具有宏大的胸怀。有些散文尽管还真，但无非是个人小事，总是透着一股抱怨；或者是三两芝麻和二两香油，缺乏一种大的胸怀，很难给人以大的启示。我总爱拿朱自清的《背影》说事，他写的看似小事，但朱自清从中道出一种人生超父子的情感，让人喧闹的心理状态得以平静，也从传统的文化里扯出人生奋斗的新理念，这个人生也是社会性质的。

　　散文是一本奢侈的教科书，它总要给人以启迪。散文不是那么好写的，反正我对散文总是发憷，或者写完了以后也不敢说是散文，而说是随笔。写散文的时候，总想着该洗洗手静静心，放上一首古典的音乐营造一下氛围。但写散文也是锻炼你、熏陶你的一种方式，你浮躁了焦虑了，是不会写出好的散文。

目　录

想唱就唱

初秋的时候,我去意大利罗马参加中意天津文化周的活动,其中一项是别具一格的津沽风情人家展示。来自全市的几十名民间艺术家在罗马的音乐广场表演了各自的绝活,有泥人张的雕塑,有杨柳青的年画,有斑斓绚丽的剪纸。五花八门,让人眼花缭乱。开展那天,罗马下起了淅淅沥沥的小雨。前来参观的人不是很多,为了吸引游客,大家想了很多办法。这时,我从塘沽文化馆组织的一个门面前经过,看见摆设着好几副竹板儿,就情不自禁地拿起来。有游客看见我手里的竹板很好奇,纷纷围过来。我一时兴起,就挥舞起竹板,边打边唱,边唱边走。"华蓥山巍峨耸立万长高,嘉陵江水滚滚东流似开锅,赤日炎炎如烈火,有一辆滑竿下了山坡。"我越唱越来劲儿,越打声越响。游客们不知道我唱的什么,但看我打竹板的热烈情绪,都给我鼓掌。放下竹板后,我看见有游客开始喜欢上竹板,走到摆设竹板的摊儿前,试图学着像我一样打起来。晚上回酒店,有人饶有兴趣问我,可从来没见你这么疯过? 我说,学超女比赛,想唱就唱呗。

在法国巴黎,一个阳光灿烂的早上,我们乘电梯登上了世界著名的艾菲尔铁塔。站在铁塔上,鸟瞰整个巴黎,十分壮观。美丽的塞纳河水泛着晨阳的波光,古老的城区与周边现代化的高楼形成鲜明的反衬,传统与时尚有机地融合。我和朋友们面对着这一景观,不知怎么表达内心的情绪。有的瞎喊了几嗓子,有的只顾着拍照。铁塔观览区的人越聚越多,什么肤色的都有,操哪国语言的都有。我又想唱,不能再打竹板唱了,骤然间我唱起了自己十分钟爱的京韵大鼓,"丑末寅初,日转扶桑,我猛抬头见天上的星,星拱斗,斗合辰,它是渺渺茫茫恍恍惚惚,远直冲霄汉,减去了辉煌……"虚气,实气,阳气,清气,浊气是气体都让它流动喷涌。唱得我摇头晃脑,唱得我心情舒畅。吼完了,我无意中见旁边不同国籍的游客都热情地看着我。我没有什么不好意思的,反正我在艾菲尔铁塔上想唱就唱了,唱的是中国地道的京韵大鼓《丑末寅初》。我估计没人能在这个地方唱京韵大鼓,我能算上是头一个吧。

我不但唱到国外,在国内也是想唱就唱。去云南丽江的玉龙雪山,乘坐着缆车到了距离雪山很近的一个山谷里。有一块很平坦的洼地,抬头看见晶莹剔透的雪山近在咫尺,仿佛用手就能触摸到。那天,阳光灿烂,雪山被几缕清淡的白云缠绕着,下面的树木层林尽染,姹紫嫣红。有当地人告诉我说在洼地上喊一声,四周的雪山都会回应你。我也看到有不少人扯嗓子喊着什么,大都是喂喂的,也有我爱你。果真,雪山深处传来回应声。喂喂喂,或者我爱你。那声音似是你的,又好像不是你的。因为雪山的回声是那么苍茫和浑厚,有着和大自然融合的生命力。我只觉得胸口憋着什么,就是想要喊出来,而且使劲喊出来才觉得痛快。于是我跳到一个台子上,那台子是当地人专门为游客拍照的。我跳上去,马上就有人举起相机,然后告诉我拍照一张需要多少钱。我没有理会,我就冲着那冰洁玉清的雪山唱着,"蓝蓝的天上白云飘,白云下面马儿跑……"山谷立即回应,我的歌声在雪山上飘荡,我的身体在空中飞翔。我唱的正过瘾,被当地拍照人给拉下来,说这个台子是拍照的不是唱歌的。走到洼地的中央,我看到一群穿着白族服装的姑娘在尽情唱歌,边唱边舞。我走到跟前,被她们拉了进来,随着她们载歌载舞。她们唱的什么不知道,我也是跟着瞎哼哼。唱完了,我要走时被吹笛子的男人叫住。他说,唱歌需要交20块钱。我懵了,吹笛子的人说,我们这么多姑娘不能白陪你唱歌。我说,她们也很高兴啊?吹笛子人说,她们是想让你高兴的。

敢情不是想唱就唱的,有的也需要看在什么地方。

我在上空飞翔

我们看大海

　　前几年那次印度洋的海啸,使人们对大海有了不同的印象。听一个渔民说,大海是天堂,也是地狱。后来,看着电视画面里,印度洋渔民们重新驾船出海,真有一种英雄奔赴战场的感觉。那年从香港回来,我记得最清楚的不是高楼,而是维多利亚港湾,那美丽而富饶的夜色。当海水和现代结合在一起的时候,不是现代有魅力,而是因为海水而现代。因为天津靠海的缘故,我们对海的感情总是不那么深刻。一个多年未见的战友从贵州的山区赶来,特意让我陪着他去看海。他在塘沽看到了海,其实那里看不到大海的全貌,仅仅是一个角,他竟然激动得流出了眼泪,连说,太伟大了。

　　那年到美国的旧金山,赶到海边的时候已经是黄昏了,太阳就像是一个大火球,恋恋不舍地往下沉。旧金山的海边十分像是天津海河的入海口,你看不到广阔的海面,但你能感觉到海在向你走来。坐在海边上,看到海豚在木板上懒洋洋地爬着,任凭你怎么呼喊它也无济于事。我在那听到当地朋友讲述了一个真实的故事,说是一家三口去海上捕蟹,他们先是把捕蟹的筐事先安排好,然后乘船去看有没有收获。一个是白色夹着鹅黄条,一个是黄色夹着橘红条。妻子在海面上先是看到了白色夹着的鹅黄条,于是就对丈夫大声喊着,渔船朝着目标靠近,丈夫持着捞杆对准了浮标钩住,慢慢地收回。越收越快,然后迅速拉着捕蟹筐的绳子,提了提,觉得很重。妻子和儿子跑过来,三个人一起把捕蟹筐从海面上捞出来。是两只螃蟹,足有几十磅那么重。儿子兴奋地叫着,搬弄着螃蟹的腿。丈夫看了看说,这螃蟹叫做红海鱼星,是海底的吸尘器,请它们回去工作吧。说着,把两个螃蟹翻了个身,妻子看到那宽宽的背盖上面都是雌螃蟹。丈夫把红海鱼星扔回到海里,儿子不高兴了,冲着爸爸在喊。妻子也觉得惋惜。丈夫对失望的儿子说,法律上不准捕捉雌螃蟹,蟹妈妈每年产子1000多个,绝大部分喂了鱼虾,还有小部分成长为螃蟹。吃了蟹妈妈,我们的后代就没有螃蟹吃了。找到了第二个浮标的时候,天色已经发黄,母亲祈祷着能捞到雄螃蟹,这样晚餐就能解馋了。丈夫把捕蟹筐捞出来,发现筐里有五个横行霸道的螃蟹。儿子过去把背盖翻过来仔细验证了一翻,然后想了想就把五个螃蟹一起扔回了大海。儿子对爸爸妈妈郑重其事地说,都是雌的,让螃蟹妈妈回去产子吧。一家三口空着手返航了,爸爸拍着一直沉默的儿子的脑袋说,别抱怨爸爸。听完这个故事我好久没有说话,因为我数不清楚多少次吃蟹妈妈了,但我不知道蟹妈妈这么重要,我只知道蟹妈妈特别好吃,尤其是那金澄澄的蟹黄。记得到夏威夷,在参观著名的珍珠港时,看见从浩瀚的海面上冒出一滴滴的机油。听当地人介绍,在珍珠港的海底下还有一艘沉船,有很多的海军军官至今沉睡在船上。为了纪念他们,沉船没有打捞上来,而任由油箱储存下来的油一点点朝海面上冒。当人们在海面上看到那一滴滴的油泡时就有了一种悼念感。在这里,大海承担了一种和平的责任,让我们记住了战争带来的灾难。在夏威夷的大风口看大海,辽阔而庄严,显得更有气魄。当地人讲:大海在夏威夷就是我们的生命,是我们的骄傲。因为这里是大海,才有了这么多的游客。

在海南的三亚,那里的海水很蓝,站在海水里能清楚地看到海底的一切。我专门在海边等着夕阳落进大海里。有导游诱惑我,说去船上看落日更美,有美酒还有美人。我笑了笑,说,很多美不能同时存在的,若是同时存在就把所有的美都消化掉了。我在海边上找了个僻静处,看着硕大的夕阳在海面上漂浮着,然后云彩兜不住她了,夕阳一下就掉进海里,海水泡着她,也就是眨一下眼,夕阳就被海水拥抱在怀里。这时候,虽然看不到夕阳了,但你还能感觉到她那张红扑扑的脸。我看到几个小伙子在扔飞碟,我也跑过去。我扔出的飞碟掉到海水里,我去捞飞碟的时候,好像把夕阳又捞了出来。

　　不要怨恨大海,大海给予人类的很多。

保护睡眠

随着现代化的节奏越来越快,每个人不断变化着竞争角色,社会压力也开始大起来,简单的睡眠变得不简单了。看到一份调查,说高三的学生失眠的越发增多,距离高考越近失眠程度越高。我一个朋友的女儿高考的时候失眠,他每天晚上给女儿吃四片安定,吃得女儿早晨起来昏沉沉的,影响了高考的成绩,只得转年又考了一次。翻阅中央电视台名嘴白岩松和崔永元的个人自传,都有严重失眠的历史。现在有些人常常陷入到浮躁中,于是名和利的引诱也伴随在你身边,评定职称、职位升迁、感情变换等等,遇到不顺心的事情,产生了强烈的郁闷和伤感,于是就睡不好觉了。眼睁睁看着天花板,就是没有困意。医院心理卫生的大夫会告诉你那是抑郁症。

记得前几年,不知道从什么时候起,也可能是工作职位的变化,压力突然增大,再有自己给自己定的创作指标过高,我突然失眠了。失眠了三个月以后,体重急剧下降了十几斤。于是,在恐慌中开始吃安定片,吃多了就感到害怕,怕吃多了容易有依赖性,就想尽各种办法找能治疗失眠的疗法。凡是报纸上刊登能治疗失眠的医院,我都力争跑去看看。有个好朋友看我实在难受,就联系青海的朋友,给我邮寄来藏药,专门治失眠。那种藏药是药面，就着水吃，吃起来很苦涩，吞完一天嗓子眼儿都是堵堵的。吃了一个疗程根本没效果。有次，我去北京开会，随手拿起一张报纸上看到一则消息，说某某药能治疗失眠，曾经解决了不少患者长期失眠的历史。我一看药店距离我开会的宾馆不远，就徒步 30 多分钟到药店。一打听，药价高达四五百元，犹豫了片刻，还是狠心买下来。回到宾馆天已经黑透下来。我吃了一小瓶，静等着从此能睡个好觉了。可眼睁睁看着窗外的夜色越来越沉，一直到露出鱼肚白，我依然精神抖擞。只是到天亮的时候，才迷糊了一会儿，我知道那不是药物起作用，而是我实在到了该困的时候。我笑话自己，只吃了一小瓶就想有效果，那成神药了。于是，我坚持吃了一个多月，还是没有等到那种安然入睡的感觉。治疗失眠花的钱越来越多，尽管效果甚微，可我想摆脱失眠的想法也越来越坚定。与朋友聊天时发现，失眠的人远远不止我自己，有人吃安定片已经有多年的历史了，好友桂雨清生前每天晚上睡觉前，需要在手心里攥着一把一把的安定。以至于他的去世都是因为睡眠不好，早晨起来脚步踉跄一头栽在了地板上。

我严重失眠以后尝试着问自己，是不是心理上出现了某种问题。我不敢把这种想法告诉别人，只是与很知心的朋友们说起，朋友们对我说，你那是自找苦吃，给自己压担子，在工作上没有金刚钻就别揽那么多瓷器活。你越想干好，干完美，就越有焦虑情结。现在社会对做人对做工作的要求很高，对现代人的触动也会很强烈。你就必须要减轻压力，不断地主动调节自己的情绪。我开始保护自己的睡眠，我坚持找心理医生，按照医嘱吃药，尽管上面写了很多副作用，但我依然吃下去了。我吃的时候很痛苦，我想不明白心理出了问题要吃药，要隐瞒着同事和朋友。一个疗程吃下去，果然见效。后来朋友说，那是你心理的暗示。我笑了，后来在电视台做亚健康的谈话节目，我把这段说出来，我觉得说出来痛快了许多。我们既然心理遇到了问题，就该承认，没有什么可躲避的。由于我的保护措施得力，睡眠质量开始有了明显提高，该睡时能睡，该醒时能醒，而且不再吃药。看来，睡眠不好，也该像得了感冒发烧一样去治病。我体验过，失眠的滋味儿比感冒发烧都难受。

长途汽车上的双人床

　　那年的夏天，我去云南昆明开会。抽暇，我和同事们去大理游览。登上长途汽车时，发现车里的座位竟然是上下的一张张双人床，枕头和被子俱齐备。我是第一次遇到这样的情况，觉得很新鲜，忙问司机，若是一男一女碰巧在一张床上该怎么办？司机无所谓地笑笑，碰上就碰上呗，把脸一背就解决问题了。恰巧，我们四个同事是两男两女，于是按照性别组合，分配了床铺。等我们再度登上长途汽车，我开玩笑说这次干脆异性组合。因为两个女士都比我大，我刚说完，人家两位女士就说，行啊，这有什么。说归说，一上车，又各自按照性别上了属于自己的双人床。我的旁边就是一男一女，好像谁也不认识谁。两个人没有说话，女的睡在里面，男的睡在外面。我清楚地记得，那女的是个小姑娘，很沉着。一开始坐在床上听音乐，一副陶醉的样子。天色黑下来，就跑到床的里面，从袋子里面抽出一条被单盖在身上，伴着隆隆的马达声就睡着了，那个男的只是在床上坐着抽烟，很无聊的样子，女的曾经说过他，能不能不抽烟，很辣眼，男的只是笑笑，还是继续抽。这一男一女相处得都很自然，没有因为同睡在一张床上就显得尴尬。半夜，我醒来，见那女的从男的身上爬过去，到车中部的卫生间去方便。

回来,也顺着男的身上又爬到床内。那男的只是动了动身,又呼呼睡起来。也可能是我孤陋寡闻,我对这个长途汽车上的双人床细节,觉得很有意思,它给人无限的感情想象空间。

我一边乘车一边设想了不少故事,最终创作了一部中篇小说《演绎情感》,全国好几个刊物进行了转载。我设计陌生的一男一女相逢在长途汽车上,碰巧买的是同一张床的车票,于是演绎出一段恋爱悲剧。从开始的互相欺骗到后来的相互真诚,从后来的真诚到再度互相欺骗。爱情在物欲和肉欲相对撞的社会中被悄悄阉割,两人谁都想冲出这个被阉割的感情包围,但冲出这层,另一层又顽固地阻止。我是想说,情感是圣洁的,像初雪,不能玷污,也不能欺骗。我有些朋友好奇地问我,长途汽车上真有这样的双人床吗? 多浪漫啊。我肯定地回答,有啊,但朋友摇头,说我是杜撰,我没法解释。

无独有偶,又一年的秋季,我带队到浙江台州参加全国的一个舞蹈比赛。从杭州到台州的长途汽车竟然又是这种双人床,我一上车就乐了,因为这次和我上车的同事有四男一女,按照性别组合,我们四个男同事分配停当,那位女同事就只能自己独床。那女同事等待时有些紧张,我们跟她开着玩笑,说,一会儿就有白马王子过来。说着,有一个男乘客拿着车票问清了座位号,一屁股坐在了女同事的床头。这个男乘客穿着很邋遢,脱鞋躺下就要睡,也不管旁边的女同事有什么反应。因为夜色已经很深了,困意弥漫在车厢里。女同事有些不适应,慌忙回头看我们,我忙知趣地走过去,对那个男乘客抱歉地解释,您能不能睡在我的床上,我和你旁边的女士是同事,这样方便。男乘客愕然地看看说,这有什么,不就是上车睡觉吗。我看看女同事,女同事固执地摇着头,我又对男乘客解释,说,我这位女同事身体不好,我能照顾。男乘客又看看女同事,不乐意地点点头睡在我的床上。他的神情很不屑,似乎在说,神经病啊,这有什么?

我让女同事睡在靠车窗处,我睡在外面,女同事看见我在旁边就放心了,随着旅途的遥远和夜色的沉重,她进入了梦乡。有时,她掉过头,那样脑袋就冲着我。可以说,我和她的头近在咫尺,在昏暗中能分辨出她的眉毛和鼻翼。这位女同事是位老大姐，为人很爽快，但她平常与男士很少开玩笑，属于那种正儿八经的人。看着她那轻松入睡的样子，我想，要是和一个陌生男人，她肯定不会是这样的，我望着窗外闪过的灯光，巡视着周围，那些陌生男女乘客分在一张床上，但都没有什么异样的感觉，都睡得很香。其中有一对夫妻，就这么亲亲热热的睡着，丝毫不顾忌旁边的人。在车上都有个规律，就是女乘客睡在床外，男乘客睡在床内。我写小说的那点儿想象现实中不存在，那点儿浪漫，那点儿感情邂逅都是我想象的。现实的双人床上男女乘客就是你也别理我，我也不理你，咱们相安无事，要到车上的卫生间方便，请先打个招呼，互相合作一下。天快黎明时，我摇醒女同事告诉她台州要到了，别再睡了。

去年，我在报纸上看到一则消息，说国家取消长途汽车的双人床，看完我有些庆幸，因为我毕竟坐了两次长途汽车的双人床。同时，也有点儿遗憾，因为再也看不到长途汽车上的双人床了，那点浪漫和遐想都将消失了。长途汽车上的双人床让人新鲜，火车上软卧车厢的床铺也给人带来感情刺激。今年，我和家人乘软卧到南京。妻子睡在上铺，我睡下铺，女儿的床铺是在另一个车厢里，我本想跟同车厢的乘客商量商量，把女儿的床铺换过来。没想到，过一会儿，一对欢男乐女走进我的车厢里。我试探着想说，我的女儿能不能换过来，你们换走一个，我知道我犯了错误，因为这一对男女进了车厢就不断地甜言蜜语着。我刚说完，那个小伙子笑了，对我说，我还想跟您商量商量，您能不能睡在对面的上铺，这样，我们两个人就都是下铺。您放心，您的车票差价我给补上。我问在哪不能睡，你们为什么非要都在下铺？小伙子红着脸，低头说，主要是睡觉时，我能看见她。我不再说话，因为说什么也抵挡不住小伙子和姑娘住下铺的决心，半夜醒来，我去上卫生间，发现小伙子和姑娘挤在一张床铺上，互相搂抱着，睡得很甜。

兄弟之间

到美国纽约的第一天,我就去了世贸大楼的遗址。那天刚下完雪,满地踩的还是残雪。风也硬,显得刮脸。我站在世贸大楼的遗址前,见一圈铁丝网把大楼遗址罩了起来,铁丝网上悬挂着世贸大楼的照片。我发现那两座双子大楼在纽约鳞次栉比的楼群里亭亭玉立,并肩站着,像是一对亲兄弟。据说,这对亲兄弟在飞机撞塌的时候,没有惊动周边的任何一座楼,先是坚持了一个多小时,让楼里更多的人逃生以后才缓缓地在原地瘫痪。周边的楼房甚至连一块玻璃都没有被碰碎,以至于住在周遍楼房的人都感激这对兄弟楼的仁义。更有人传说,当一座楼房倒塌的时候,另一座楼房也随着倒塌,兄弟楼房之间互相搀扶着倒了下去,场面很是悲壮。我没有去印证究竟是怎么回事,我只是围绕着世贸大楼的遗址转了一遭,果然是周边的楼房都完好无缺。

前不久我去杭州,几年没来,突然发现西湖旁边又多了一座湖,面积虽然不如西湖那么宽广,但也是烟水浩渺。听当地人讲,这里原本只是沟沟岔岔。为了使西湖不孤单,杭州政府决定在这里新挖掘出一座湖泊,与西湖结为兄弟。于是,我乘兴在这座兄弟湖周边游览,游人虽然不多,但也是景色宜人。有水鸟在湖面上掠过,芦苇摇曳处有小舟在风中轻轻摇荡,又是一个风花雪月的好地方。虽然春天来的迟缓,但柳色已经发绿,杭州人对柳树特别喜欢,唐朝时的白居易在白堤上种柳栽桃,而到了宋代的苏东坡又把柳树种植得满湖满坡。兄弟湖的柳树和西湖的柳树没什么两样,虽说春节时节的杭州凉意十足,但两座湖泊的柳树都是那么郁郁葱葱。黄昏,夕阳如火。我在西子湖畔的雷峰塔上登到高处,看整个兄弟湖泊,像是两只镶嵌在美人耳际的金色吊环。听杭州人讲,外地人来杭州只知道有西湖,不知道西湖旁边这个兄弟湖,本地人都劝游人到那座湖泊走走,这个湖的风景也很美,千万不要冷落了了它。去广西,曾经看到一棵兄弟树,下面盘根错节,上面却是两根独立的树干。一年大旱,一棵树依然发芽结果,而另一棵却很快干涸。没多久,那棵发芽结果的树也开始干涸。有旁人看着心疼,就给这两棵树一起浇水。慢慢地,两棵树缓解过来,都冒出了绿色。这兄弟树成了当地的一景,来了外人都要去看看。看的时候,当地人都爱这么形容,树都能这么互相感应,互相照应,我们人呢?

　　说来,自然界也好人造的建筑业也好,但凡是兄弟式的都显得很亲密,情同手足。它们之间没有嫉妒,也没有互相攻击,而是友好相处,相得益彰。有时候看报纸,经常听到兄弟之间反目成仇,甚至动了杀机。再有就是兄弟之间为了区区小利而剑拔弩张,或者老死不相往来。我曾经有四个哥哥,大哥和三哥相继因脑溢血去世,留下二哥和四哥。二哥一家去了加拿大,天津就剩下我和四哥。有好几年没有给大哥和三哥扫墓了,清明节那天,我和四哥去了殡仪馆,看望了留守在那里的大哥和三哥。那天刮起了风,我和四哥祭奠完了以后,抱着两个哥哥的骨灰盒回到存放处,但两个哥哥的骨灰柜子怎么也打不开,打不开就意味着不能把骨灰盒重新放回去。我和四哥相互看了一眼,我感慨地说,我们知道,大哥和三哥不愿意和我们分手。你们放心,我们一定经常看你们,我们还是亲兄弟。说完,两个哥哥的骨灰柜子都打开了。告别的时候,我和四哥都流泪了,即便是一个在天堂一个在人间,兄弟之间也要惦记着。想来,兄弟之间没有贵贱,没有高低,没有先后,更没有名利场,有的只是浓浓的情意。

母亲新年的大烩菜

当我懂得贪吃的年龄时,正值 20 世纪 60 年代初,也是自然灾害最盛行的年代。家里所有的细粮都给我父亲吃,因为他是支撑全家生活的顶梁柱,养活着我母亲和我们兄弟五个。我记得那时每个月的最后一个礼拜天,或者是新年春节才能吃上一顿白面饺子。饺子馅儿无非就是白菜或者是茴香,肉在饺子馅里的分量很少,充其量也就是二三两。但那却吃得很香,往往为期待这顿白面饺子,我常常在院子外面疯跑一通,回来好吃得更香。

我记得,母亲每在新年的头一天,都会给我们做一顿特殊的佳肴,那就是大烩菜。这种大烩菜很独特,所说的独特就是区别现在的东北菜系中的烂炖。我母亲做的大烩菜用的作料都很固定,不是有什么用什么,随心所欲。首先放的是花椒和大料,铺在锅底。再就是新鲜的大蒜,一瓣一瓣的,白嫩嫩,像是莲花在锅底盛开。母亲在铺蒜瓣时很经心,总想摆出个图案来。再费工夫的是切海带,海带切得很细,在温水里泡一下,使海带丝细而脆。我母亲切得海带似像头发,这就需要刀功很高明。恰恰我母亲就具备这点,到她岁数大的时候,眼睛患有白内障,虽然昏花,但做大烩菜的时候,切海带依然刀法不乱，海带丝还是那么细。再有就是豆腐，记得60年代的豆腐在沸水里煮也不掉块，很完整。豆腐需要切开，放进去一点肉末儿，然后再用面糊把豆腐粘合上。接下来的就是放大白菜的心，心越嫩的越好。在选择粉条上，我母亲都爱用宽粉条，纯绿豆的那种。我记得小时候看母亲做这道菜，她在水沸的时候就放下宽粉条，用筷子把粉条压在锅最底，上面放大白菜。那时候的猪肉很贵，母亲肉放得很少，肉都切成指头那般大，肥的多。我母亲把肉放得很早，有时候肉到最后都烂在锅里拾不起个儿来。后来我理解，母亲想让肉香浸在锅里，便当成了调料。60年代的鸡蛋是凭本供应，所以我母亲把鸡蛋摊成薄饼，然后切成一条一条的，放到锅里，这道程序是最后了。在我记忆里还有胡萝卜，胡萝卜是切成块儿的，不大，四四方方。其次是黄豆，先把黄豆用水泡上，泡的时间很长。在新年做这道大烩菜，前两天就得把黄豆泡上。在烩菜的时候，锅里的水就是泡黄豆的水。那时我曾询问过母亲，母亲回答，你不懂，泡黄豆的水好喝，能滋补人。每次的大烩菜，在快揭锅的时候，母亲总爱放进去一两条小鱼，同时放醋和白酒，一块酱豆腐。当锅盖掀开的时候，香味扑鼻而来，我们哥几个吮到会醉倒的，欢呼跳跃地端着饭碗等待母亲的分配。

我记得1963年的新年，我上小学三年级了。因为我在家最小，母亲分配给我碗里的豆腐比哥哥们多一两块。我知道母亲疼爱所有的儿子，哪回分配除了父亲是满满当当的以外，弟兄五个是平均的。我父母亲很强调平均，因为弟兄多，又没有姐妹，在吃和穿上父母向来都是一个标准。为此，我的一个哥哥起名叫平均。可那次，母亲破例给我碗里多盛了豆腐，是因为我最馋，常常看到别人家吃肉，而我家吃不上肉跑到别人家里去耗时间，弄得母亲很没面子。其实，我母亲多给我的豆腐是她碗里的。豆腐里的肉末随着豆腐粘在一起，所以吃起来很香，我总不愿意过早就咽下豆腐，都是把豆腐嚼来嚼去，让余香长久地徘徊在牙齿之间。我把豆腐放到最后吃，想吃起来更有刺激。没曾想，吃到最后，父亲突然把筷子伸到我的碗里，把我舍不得吃的三块豆腐快速夹走，一口吞下，然后哈哈大笑。我愤怒了，与父亲争辩着，然后泪水哗哗地流下。父亲说，谁让你舍不得吃呢，你不吃我就吃呗！事情过去多少年，去年父亲去世了。我在父亲的病榻前还和父亲提起这旧事，父亲仔细地回忆着对我说，我怎么不记得。说得我哭笑不得。

　　母亲去世十多年了，我从此就再也没吃过那么美味的大烩菜。我曾询问过母亲，是谁教给母亲做这种大烩菜的？母亲回答，是你姥姥。后来，父亲也尝试着做过，但吃不出当年的感觉。我给爱人说过做法，爱人也照方抓药，一个程序也没少，而且放了不少的肉，汤用的是鸡汤，但都没有那种香津津的感觉。爱人对我说，当年你们吃大烩菜时都是饥肠辘辘，吃起来觉得香甜。现在你什么好吃的没吃过，再吃你母亲的那种大烩菜肯定没有了香感。就像刘宝瑞说的相声《珍珠翡翠白玉汤》里皇帝朱元璋的故事一样。

　　我对此不敢恭维，我总觉得母亲做的大烩菜现在要做，还能做出当年的味道。因为我爱人用的黄豆从来不泡，也没时间把黄豆泡个两三天。再有就是炖起来总是把煤气点得火苗子乱窜，不像我母亲那样慢慢地用火温，母亲就耐心地坐在炉子跟前守着，用铲子随时地铲着。现在的人做事和烹调太着急，没有了母亲那代人对事对人的执著。

天亮了

秋天到来时，我们的城市变得深情了，连绿色都摇曳出一种亲情。

　　我在电视里偶然听到韩红唱的一首《天亮了》，然后就没再干别的，而是专心听她讲了创作这首歌曲的背景。她是在一篇报道中得知了一个动人的故事：一个孩子和父母在贵州旅游，在索道途中，车厢突然下落，父母把生的希望给了孩子，奋力把孩子托出险境，然后从容地离开这个世界。天亮了，孩子来到父母为救他去世的地方，呼喊着他们。韩红含着眼泪写了这首著名的《天亮了》。其中有这么一段歌词：就在那个秋天，再也看不到父亲的脸，他用他的双肩托起我重生的起点。我看到爸爸妈妈就这么走远，留下我在这陌生的人世间。我听到这句时，忽然感到脸上发烫。女儿在旁边告诉我，爸爸，你流泪了。去年的秋天，我到重庆开会。我临行前，父亲的癌症已经最后确认。我和四哥都劝他继续住院观察。但父亲固执地摇头，说回家吧。他说住不惯病房的清净。那时，他已经被癌症折磨得很痛苦。他悄悄对我说，孩子，我是真疼。我就说，您要疼就喊出声来。一向乐观的父亲拒绝了，他说，能忍就忍着吧，喊出来会让你们难受的。于是，父亲就这么挺着，有时候疼得在床上打滚，额头滚的都是汗水。

我对父亲说起去重庆开会的事,父亲说,你去吧,那是工作。看着父亲平静的表情,我心里很不平静。我知道他是硬顶着,不想让自己的病影响我。父亲的病让远在加拿大的二哥二嫂知道了,打电话执意要回来。父亲举着话筒,说,你们不要回来,那么远回来一趟不容易,还要花好多钱。放下话筒,我发现父亲脸上的表情很复杂,眼睛里窝着淡淡的泪花。我有四个哥哥,大哥和三哥在最近十年内相继早逝,父亲就把剩下的三个儿子看得很重,唯恐我们再有什么闪失。其实,父亲知道自己的病很厉害了,在人世间没有多久了,他很思念在加拿大的儿子。可一旦真的要做出决定,让儿子跑回来见自己,他就觉得对不住儿子。四哥和我商量,要偷偷让二哥回来。可父亲知道后坚决反对,无奈只好搁浅。我去重庆前与父亲告别,父亲一副神态自若的样子,而且居然能下楼转了一圈。看着父亲这个样子,我心稍稍踏实一些。没料到,在重庆刚刚开完会,正在嘉陵江欣赏夜景时,四哥给我打来电话,急切地告诉我,父亲不行了,在医院抢救呢!我脑子嗡的一声,难道说临行前父亲健康的样子完全是装给我看的。

飞机降临到天津机场时,下面一派夜色。电话打来,说父亲昏迷着,好像始终在等待我回来。我匆匆赶到医院,跑到抢救室,父亲的鼻孔插满了胶皮管子,医生和护士在身边忙碌着。我走到父亲身边,父亲奇迹般睁开眼睛,始终看着我,嘴唇在急剧地抖动。我控制着眼泪喊着父亲,从来不流泪的父亲突然满脸是泪,喊着我的乳名。医生警告我说,你父亲的血压增长太快,你必须出去!四哥强拉着我出去,我清楚地看见父亲的眼睛一直追随着我。我已经看不清楚他的眼神,因为全是泪水,说不出来是他的还是我的。四哥事后告诉我,父亲用真情支撑着生命,始终在等你,说重庆的会这么长,怎么还不散呢。

两个小时后,父亲撒手人寰。

秋夜的风冽冽,我和四哥为父亲的遗体清洗。想着,母亲是在 11 年前去世的。现在父亲又离开我们。忽然产生了强烈的孤独感,我和四哥都再次感到生命的可贵。在殡仪馆,我们把父母的骨灰合葬,中间用一条红绸拴着。在送别仪式上,我们把父母、大哥和三哥的遗像都摆在一起,看着他们笑眯眯的神态,瞬间潸然泪下。我们的亲人们，你们在那里团聚欢乐，知道在人世间的我们是多么爱你们，想你们。

我和父亲生活了十几年，每天早晨起来，都会听到窗户外面父亲散步回来那爽朗的笑声，他和街坊邻居们谈天气，谈生活，谈政治。父亲去世快一年了，我每每从清晨中醒来，再也听不到窗外父亲的笑声，心里空荡荡的。

夜深了，秋月明朗如洗。我和妻子孩子还在静静听着韩红的歌，"我看到爸爸妈妈就这么走远，留下我在人世间。我愿为他们建造一座美丽的花园，我想要紧紧抓住他们的手，告诉他们希望还会有，看到太阳出来，他们笑了，天亮了。"

桂河大桥的黄昏

前不久,慕名来到泰缅边境著名的桂河大桥已经是黄昏了。那天夕阳特别灿烂,渲染得整个云彩都是橘黄色的。桂河大桥不似我想象的那般宏伟,它狭小而简陋,都是铁构制的架子。在我印象里的桂河大桥,还都是来自美国那部获得第三十届奥斯卡最佳影片奖——《桂河大桥》里宏大的感觉。那天,没有风,空气极为新鲜。桂河大桥上都是不同肤色的人群,大家小心翼翼地在桥上漫步着,所说的小心翼翼是稍有不慎就会掉到桥下面。桥和水面距离远,看着脚下的河面竟有些眩晕。我走到桂河大桥的中间,看见夕阳被云层裹着快要坠入到远处的群山之中。桂河的河面不是很宽,但水十分清澈。一群孩子在河里嬉戏,朝着桥上的我们挥舞着手臂。在河畔上,悠闲的人们钓着鱼,或者在船篷下面喝着茶。在第二次世界大战期间,日寇把英美中的战俘囚禁在这里,命令他们在桂河上建筑一座桥梁以接通曼谷到仰光之间的铁路。于是三国的战俘为争取和平与日寇进行顽强的斗争,成千上万的战俘牺牲在这里。后来,为阻止日寇的侵犯,又把桂河大桥炸掉。美国那部《桂河大桥》就是描写那次让后人永世缅怀的殊死斗争,导演大卫·里恩的这部反战电影堪称电影史上最出色的战争片之一。

我慢慢地朝桥的另一端走去,看见一对情侣在照相。我提醒他们小心,因为那位女士的脚已经踩到了铁轨的下面。女士连说着没事,说着,她的胳膊已经紧紧挽住了男士的肩膀。在桥上行走,经常听到有人在提醒小心。一晃,第二次世界大战已经过去 60 多年,桂河大桥的硝烟已经完全在美丽而祥和的景色中消融,但世界依然不太平,呼唤和平依然是这个世纪的生命主题。在桥头竖立的那两颗巨型红色炸弹跟前,照相的人已经排成长队。当地人介绍,这两颗巨型炸弹当时没有爆炸,被后人保存起来,为警示后人,经过技术处理在桥头展览。现在的桂河大桥已经很少通火车了,偶尔在纪念的日子里会慢慢地开过。我特意跑到那列火车跟前,发现火车上还有弹孔。离开桂河大桥,我独自来到烈士陵墓,先看到的是英美烈士墓地,都是规格相同的墓碑。英美烈士墓地紧邻的就是中国烈士的墓地,一片一片的数不胜数。中国烈士的墓碑大小不一,有高有低。来到墓碑跟前,细阅碑文,烈士来自天南海北。有的已经没有名字,只留下一个姓,还有的甚至是无名氏。这时,夕阳退去,墓地一派朦胧。我朝着望不到尽头的墓地低头默哀。烈士们用自己的鲜血捍卫着和平。当人们在桂河大桥尽兴游览时,他们在这里长眠,有土难归,有国难回。

　　夜色中,我们在桂河上泛舟。两岸是璀璨的灯光,河面上也是斑斓起伏。夜色里的桂河大桥没有灯光点缀,显得有些孤单。我们在桂河上情不自禁地轻声唱着《祈祷》这首歌,歌声在河面上飘荡着。

收藏情感

　　如今的收藏很热,据讲,收藏的范围很广。我的一个朋友与他的女儿居然收藏手绢,已经几万条,自己举办了一个展览,参观者络绎不绝。那天,与几个年轻朋友聊天,突然议论起一个话题,收藏情感。说着说着,有人提出,当今的情感太多太烂了,接收的最多,遗忘的也最快,收藏是一个奢侈的行为,或者说是一个嗜好,怎么能收藏情感呢。

　　我对这个话题却充满好感,确实,你若在某个场合提情感,人家会觉得你没意思,说你一本正经,甚至说你是假道德。有人还把情感简单地归纳为男女之间那点儿事,无非是情人恋人爱人。其实情感是一个广泛的词汇,那是人与人交往最真诚和最圣洁的象征。我的一个战友在贵州成为一个地区的专员,我去贵州出差,他在他宽敞的办公室接待了我。我们聊了几句官场上的话,他就连忙摆手说停止吧,没意思。我们就转移话题说起过去的事,他竟然越说越兴奋,想起了许多往日在部队的细节。我们去爬香山,怎么摘的红叶,在山顶上我说的什么,他说的什么。他说,你把一枚红叶夹在我的笔记本里,你说,我们的战友间的情感要像红叶那样永不褪色。说到此时,他从抽屉里取出那个已经发黄的笔记本,我惊讶地看到,那枚红叶依然完好无缺。我说,你还有心思留这个？他没说话，让我看笔记本里的那张页码，上面工工整整写着：某年某月某日，天津的战友李治邦叮嘱我，战友间的情感要像红叶那样永不褪色。我感触地说，难得呀。他情不自禁地说，我常常回忆起咱们的往事，想我们说过的每句激励对方的话，因为这些话我都记在笔记本上，觉得特别珍贵。我在告别他时，曾经嘱咐他看看我另一个战友，姓黄，在他管辖的深山区。姓黄的战友曾经多次在晚上替我站岗，而且是在冬天。我这个城市少爷总是在温暖的被窝里睡不醒，而黄战友就总替我在寒风凛冽中排遣着孤独。我回到天津没多久，姓黄的战友给我寄来一封信，信里字数寥寥，但让我掉泪。他写道，我做梦也没想到你还记得我，我现在只是一个普通农民，老婆有病，孩子上学，家里连电视都没有。我写信绝对不是向你说穷，是感谢你，你需要我为你站岗，我天天站都乐意。

　　我听一个朋友讲，他和不少的女孩儿有过情感的经历，并且向我叙述出与每一个女孩儿相识的过程，语调里洋溢出自豪。他回忆时，提起最令他激动的那个女孩儿，他实在想不起叫什么名字，于是他逼着自己拼命想。他对我说，我不可能想不起她的名字。可想了半天他也只是回忆出是个高个子，皮肤很白，头发很短，眼睛很深。我对他说，你对这个女孩儿没感情。他说，绝对有感情。我指责他，你连她的名字都忘掉了，你有什么权力说感情这两个字。他理直气壮地回答，名字就这么重要吗？一个外地的大学生找我学写作，他说在大学，男女搭伴儿的不少，搭伴儿的时候彼此都说些动情动魄的话，但彼此都知道，一旦毕业就会各奔东西，然后就泥牛入海无消息了。我说，有没有以后还联系的？他说，不能说没有，但还能沟通那份情感的已经很少了。我又追问，不联系可以理解，但能不能把对方还深藏在心里呢？我的学生很为难，他说，我没调查过，但互相连个招呼都不打，还能把对方放在心里吗？我思考了许久，两个人为了消除大学期间的孤独而搭伴儿，一旦劳燕分飞，就失去感情的记忆了吗？必定那段情感是你最珍贵的，你收藏在心里，能占据你心里多大地方？我的学生对我的忧虑感到可笑，他说，人的心就那么大点儿的地方，占了这个就占不了那个，然后一生中不断地筛选和淘汰，最后留着的就是距离你最近的那个。我不敢苟同，你在年轻时遇到的真正感情，到你老的时候也不会筛选和淘汰掉，那是刻骨铭心的，筛选和淘汰掉的不是真正的感情。

　　我一个去美国的朋友曾经给我打过一次很长的国际长途，他咂着牙花子说，怪了，在美国这么忙，有时候去一个地方旅游，看着美丽的风光，就想起你来，你要在这多好呀，也能和我一起享受一起陶醉。我说，谢谢你了，你纯粹是拿话搪塞人。他委屈地说，真不是这样，我真的那么想。无独有偶，我去年到杭州西湖，黄昏时在一处风景游览。西湖水波涟漪，山水成一色，水鸟在湖面掠过后在我头顶盘旋，恍惚间我突然想起他的国际长途，我猛然间涌起和他一样的感觉，他要是在这和我一起享受该多好，说着友谊，咀嚼着往日的生活，是令人惬意的。由此可见，收藏那份情感的同时也需要你支付情感，因为你不支付情感就不能收藏。有的收藏家经常把自己收藏的古画古玩拿出来，细致地欣赏，或者邀上几个知音共同把玩，然后再收藏起来。因为收藏者和被收藏的有一种默契，有一种欣赏和被欣赏的扭结。感情也是这样的，你收藏它，不是把它束之高阁，而是要常常把收藏的情感拿出来，让这份情感充实你陶冶你，弥补你的那份孤独。

山沟沟里的冬夜

二十年前，我在北京当兵。

那时我在部队宣传队当一名创作员，但也常常跟着宣传队下连队去慰问演出。记得这年冬天，天气特别的冷，水龙头像是白胡子老爷爷，冰结得好长好长，晶莹剔透。有个礼拜六的晚上，我们乘车去驻扎在房山县的一个连队演出。连队搭了个舞台，汽灯一拉溜吊了十几盏，把篮球操场映照得明晃晃的。

黄昏，我们的卡车驶进了山沟沟，寒气就逼过来，像小刀子一样在割大家的脸，生疼生疼的。有一个女兵偏偏这时候哭着喊着要解手，卡车无奈在山脚停下来，谁知几乎所有的人都像下饺子似的蹦下来。尿溅在岩石上，冒出白烟。事过多年，我经过多少次冬天，再也没有那种寒冷的感觉。在到达连队之前，我们在车上被旁边的情景惊呆了，附近村民黑压压的排成两队，稀罕地盯着我们。到连队后，指导员说："这里多少年没有看过文艺节目，太阳一落山，各家各户就围着蜡烛闷坐在一起。"说到这，连长悄悄告诉我们这些男兵："农民唯一的兴趣就是在炕上找乐子……"

我们在演出中特别的出力，可台下除了一个连队百十来名战士鼓鼓掌外，农民们

我在上空飞翔

竟一副无动于衷的神态,那黑压压的人群如一个个雕像。大家下台来都纳闷儿地互相询问,究竟哪出了毛病,挺精彩的节目为什么不鼓掌呢? 演到一半,刮起了风,风带着口哨。台上二胡琵琶的声音被淹没了,风吹得人睁不开眼,令人惊诧的是老百姓没一个人走。最受罪的是跳舞蹈的演员们,穿着单薄的衣服,冷得脸色跟茄子一个色儿,还得装潇洒。我在台上凑热闹吹笙,嘴角一粘上笙的铜壶,就像和冰块儿接吻,从骨子里渗冷气。两个手指冻成了胡萝卜,通红,硬邦邦的。演完,我们都不会说话了,连长和指导员把我们引进营房里,让我们原地蹦高,直到出汗为止。后来,我们禁不住问连长,为什么老百姓们不鼓掌? 连长眨眨眼睛:"他们不懂这个。"

当我身在眼下这万花筒般的社会,享受着丰富多彩的生活时,总忘不了 20 年前山沟沟那个冬夜……

生活对自己也不错

　　现在的社会真可以说是万花筒，转着转着就转出一个图案。你不知道明天是什么样子，有可能你就会发生一个变化。我们常常羡慕别人，比如一个彩票就可能获得大奖500万元，而且你都不能算计怎么把这钱花出去。再比如，你参加比赛，说不定在电视台一播放，出门就有人告诉你，你被哪家明星包装公司录取了。总这么羡慕，于是就有人会耿耿于怀。我怎么就没这么好的运气呢? 我怎么就总是这么风风雨雨呢? 但只要你认真观察，你周围的人，甚至你仰慕的人，没有谁是完整无缺的，或者说没有谁总是那么顺顺利利，谁都或多或少的少了一点，缺了一点。有人夫妻之间恩恩爱爱，而且能够相爱一生，谁都没有背叛谁。可两个人心里都有着遗憾，就是没有能生下一个孩子，让爱延续下去。也有的人才华横溢，外表英俊或者秀丽，但终生却未能遇到一位可心的爱人，即便是结婚了，也不是心目中最好最想碰到的。这些人不想跟别人透露这份缺憾，而是装出很满意的样子，只有独处或者年老的时候，才有些黯然神伤。有人艰苦创业，从一块钱起奋斗了一生，积攒出大批的财富。可孩子却不争气，坐吃山空，把创业的江山慢慢销毁掉。更有的人，刚开始在人生的道路中腾飞，就突然遇到事故，离世而去。很多的人都替他惋惜，他要是活着，该是多么好啊。

　　每个人的幸福和痛苦总是互相伴随着，谁也离不开谁。想想，若没有痛苦，我们是不是活着太骄傲了，太没有味道了，太缺乏悬念了。没有了缺憾，我们是不是不会去安慰不幸的人，不去同情和理解那些遭受痛苦的人。说来，人生不要太完美或者太顺利了。你有了缺憾，你看见那些顺利的事情给了别人，也是很美的一件事情。比如评定职称，你认为属于你的那个给了别人，看见别人兴高采烈，你在真心祝贺的时候想，明年就是我的，我也会这么兴高采烈的。你不需要拥有全部的东西，因为你都有了，你会觉得没有了奋斗，没有了生命的渴望。你看着别人都很幸福，都很快乐，其实别人都有着不愿意说出来的难处。俗话说，家家有本难念的经。你总会遇到很惬意的事情，这时候你会觉得你的快乐不比别人的少，甚至比别人的多。而你遇到不顺利的事情，只要你静下心，就会觉得这不顺利的事情对你很有好处，会改变你的错误认识。它也是你生命的一部分，你也要接受它善待它。两个朋友相约出国谋发展，可后来其中的一个拒签，另一个朋友走了。拒签的朋友始终在懊丧，觉得唯一的机遇没了。可后来却是他在国内有了转机，事业腾达，而那个出国的朋友却一直停滞不前。

　　随着岁数的增长，有时会觉得时间过得怎么这么快呢，怎么一晃就老了呢。于是，有了恐衰症。还有，突然得了病，躺在病榻上，看着枯燥的天花板，会觉得怎么这病就偏偏落到我头上呢。于是，又有了恐病症。可你想想，谁都会变老，谁都从年轻到衰老。再有，谁都会病，谁都不可能健康一生。我曾经与一位出租司机聊天。他说，有时开车，一路上总是红灯。弄得乘客心烦，说今天算倒霉了。在他旁边叨叨不停。自己心里也别扭，觉得都是红灯，就预示着不顺。想着不顺，再看到红灯就会愤怒，甚至看到前面那辆开过去的车，真有心追过去撞它一头。可后来想想，每当绿灯亮起，总是自己头一个开过去也很高兴。毕竟前面没有车挡着，宽宽敞敞的。近几年，总会去殡仪馆去送别自己的亲人和朋友。去多了，就有郁闷的感觉。觉得亲人和朋友都这么走了，留下自己承受孤独和寂寞。那次，又接到去殡仪馆送别朋友的通知，犹豫了片刻没有去。后来，无意中读到一个去世朋友的信，信里都是叮嘱亲人们要快乐的话。我很感触，去世的亲人和朋友都希望活着的人快乐，自己为什么要觉得郁闷呢。一个去世的朋友临终前对妻子说,你一定要搬走,到另一个房间生活,把我的书都处理了,免得触景生情。你要好好活着,别为我悲伤。因为,你悲伤了我在那边也会悲伤的。

为了你的生命,为了你的亲人和朋友,还是好好活着。把羡慕别人的眼光投向自己吧,你会觉得生活对自己也不错。

南普陀吃素菜

　　吃过这么多山珍海味,唯独到厦门的南普陀寺去欣赏闻名遐迩的素菜,让我至今牙齿间还保留着余香。据讲,世界中国烹调联合会的会长姜习到这里品尝完毕,提笔写下四个字:素菜瑰宝。

　　我和几个文友在装潢古朴的普照楼找个空闲小桌坐定,隔窗能观赏到迷迷蒙蒙的秀山清竹。聊着天,服务小姐递上来一份精美的菜单。菜单衬底是用工笔画绘成的南普陀寺以及山壁上刻着的那硕大的佛字。翻开菜单,里面记载有知名人士留下的墨宝,其中有诗人郭沫若赞美素菜的诗,也有柬埔寨国王西哈努克的留言。令我感兴趣的是后面那10道菜,读起来宛如一首四言诗。其中有五彩迎宾,梅山翠湖,半月沉江,香泥藏珍,彩块玉片,发菜羹汤。接着,一道道菜随之而上,顿时小桌上香气迷漫。那道梅山翠湖甚是好看,用芋头铺底,中间是一簇绿色竹荪,好像在湖水中凸起一座秀丽山峰。朋友们迟迟没有动筷子,怕破坏那静谧的湖色。最终还是我嘴馋,夹起一口竹荪,嚼在牙齿间,清嫩可口。再一道半月沉江更是别有风味,清水拂面,里面是笋片。犹如一道弯月被投入江中,流光倒影,诗意盎然。这道菜的名字取自郭老的那首诗,"半月沉江底,千峰入眼窝"。而另一道发菜羹汤,则让朋友们抢着品尝一空。一根根发菜似秀女的头发,卷在一起,在清水里如离如散。我拿筷子轻轻挑起,长丝不断,咬在嘴里脆而不硬,细而不乱,味道清香而滑腻。那道香泥藏珍,是用芋头层层埋好,然后吃着吃着就从深处触到一块褐色的宝物,也说不清楚是什么,味道醇厚,忙问服务小姐,她们却笑而不答。

纵观 10 道菜,色香味形俱佳。南普陀的素菜原来是供佛的素斋,经过后来的创新发展,成为现在的三十几道菜。中国佛教协会会长赵朴初品尝完一道他喜爱的菜,举筷不放,沉吟片刻,为这道菜取名"丝语菰云"。我问服务小姐,为什么这道菜没有品尝到,服务小姐嫣然一笑,你再过一个季节来,就能品尝到了。

在山水之间呷酒,尝人间素菜,好像在仙境。我和朋友恋恋不舍地走出普照楼,耳边听到隔壁的南普陀寺叮当叮当的钟声。不禁抬头,迎面的山壁中写着古人一句话:一年走南普,三年免辛苦,一餐平安菜,吉祥如意在。

去蓟县看山赏水

去年，闻说蓟县连续下了好几场透彻的大雨，于是蓟县的山山水水就如同饥渴的孩子足足喝了个饱。我和几个文友乘兴去了梨木台，当地朋友告诉我，看山去盘山，赏水就到梨木台。好多年没有见水色了，以前人们去看蓟县的山，只看到了它的奇石怪松，而忘记了山里还蕴藏着秀丽的水色。连降的大雨，把梨木台的水色充分地显露出来。那天，我和文友还没到梨木台，路就被雨水割断了，从山上泻下来的水把路面淹没了，我们只好光着脚淌了过去，山水刺骨，以至于过去以后脚上的肌肉都麻酥酥的。进入了梨木台，条条从山顶倾泻而下的清流随意乱窜着，到处都听见山涧的奔流声。抬头看见大大小小的瀑布从头顶飞跃而下，甩下来的水珠会留意在你脸颊上，晶莹剔透。抹一嘴，清甜可口。常常在山石丛中瞥见一泓碧水，与山涧里淙淙的溪流都为山色更添加了几分清幽。偶尔一座古朴的吊桥，虽为后天人工，却也平添一分江南的韵味。石阶越来越陡，有的石阶仅能放下半只脚。最陡的地方只能手脚并用，于是就触摸到了滚在拾阶上的水。身上湿漉漉的，心里就被雨水荡涤了许多烦躁，清静了心也就宽敞了。在树木的纵深处，走着就陡然看到一片湖水。湖水的四周都是木栈桥，曲曲弯弯,通幽处一拐又是一片碧绿。岩石上挂着的青藤,青藤的伙伴就是绽放的野花。这种野花是黄花的羽状叶序和羽状花序的树,当地人说叫茉莉雅。因为这花树的点缀,使绿色显得一点也不单调。清亮的湖水和溪流在阳光下跳跃着闪光。蓟县的山就是这样,一旦有了水,山就有了青色,松就有了绿意,石就有了灵性。

从梨木台下来,余兴未尽,我们又奔赴盘山。我每年都若干次去盘山,看完梨木台的水色后,我突然想看看盘山的水色如何。我曾经领略过30年前的盘山,那时雨水多,走在盘山,听着泉水声,脚步都显得敏捷许多。后来,盘山的雨水少多了,总看不见水,就觉得整座山都变秃了,如同一个美丽的少女,没有了秀发一般。当年,有人把盘山分为三部分,即上盘中盘和下盘,并有诗为赞美:上盘松树奇,中盘石多怪,下盘响流泉。我记得30年前在盘山中下游,尚存有一泓清湖。从山上泻下来的泉水回拢此处,形成自然湖泊。后来修筑了大坝,很有气势。当步入盘山前端深处,你看不见水色,只有攀上狭窄的台阶,才会豁然领略到盘山水的宏伟和魅力。记得当时的湖水清晰,长流不息,水色碧蓝。在山上鸟瞰欣赏是一种颜色,置身在水畔乃至水中又会是一种光泽。我每次来都驾一扁舟,在水中游荡。先低头观看浪花涟漪,再扬首眺望被夕阳映照的山中黛色,陶醉山水之中,吟诗唱歌,好不快活。这次我携文友们再到盘山的大坝,拾阶走到水库边,也是一片惊艳。虽然没有过去滔滔的感觉,但涓涓的味道也很惬意。我们在坝上散步小憩,观赏那如火的晚霞,看平静的山水泛着微微涟漪,看水面上的五光十色。这时,没有多少游人,山中清寂,四周的水汽弥漫上来我们都感到沁人润肺。坝上有石桌石凳,头顶是一片片藤花野葡遮阳,喝上几口清凌凌的山泉水,既能听上盘的松鸣,也能观中盘的石怪,本身又在下盘的水中,一处得三盘的绝色,真是惬意啊。一位文友感触地说,我年年去盘山湖,湖水几乎荡尽,已没见过这般的好水色了。我们都没有走的意思,就在水色中聊天,把从城市带去的物欲渐渐地融化掉了,蜕变掉了,剩下的就是看见星星在天际中慢慢露出脸来,朝我们招手。

穿越香格里拉

　　我一直深深迷恋着香格里拉,几年前曾去云南丽江的玉龙雪山。我似乎嗅到了香格里拉的莲花香,便到处打听,当地人好心告诉我,坐大巴车三个多小时就到了。但因时间局限,只能眼巴巴告别近在咫尺的香格里拉。

　　最早知道香格里拉是美国小说家詹姆斯·希尔顿写的《消失的地平线》,字里行间的美丽描写让我心驰神往,觉得那是我一生不可错过的地方,让我浮躁的心能在纯真自然的环境里得到净化和升华。后来,我迷恋上穿越时空的各种作品,觉得中国至今没有穿越时空的佳作出现实属遗憾。前不久,看了一部俄罗斯的电影,写的就是穿越,说4个莫斯科玩闹青年在一座神秘的湖畔消遣无聊时光。下湖游泳时突然遇到了风暴和雷电,上岸时意外发现回到了艰苦卓绝的著名的莫斯科保卫战中,他们被苏联红军拉入了一场血雨腥风的战争,与只是在电影屏幕上才能看到的德国法西斯过招。他们惊恐,逃避,自私,贪婪,几乎把现在一些青年人的弱点都暴露在战场上。但战争打到最残酷的时候,他们为国而战的信念爆发,义无反顾地投入到了卫国战争中,直到他们再次遇到雷电,从神秘湖爬上岸才知道又回到了现在,但那种回肠荡气的精神令他们不能自持。

我突然想穿越香格里拉，让我们现在的人能回到那个特殊的时代。我所选择的就是1943年，那年是太平洋战争爆发的第三年。香格里拉，被日本人占领，也有美国飞行员秘密居住，因为这时候美国意识到，在此之前，中国独自和日本战斗的那三年，对反法西斯阵营是多么宝贵。就在那年，盟军决定修建一条从印度到中国的公路，铺设输油管和输气管。这条公路不仅能保证中国的物资供应，一旦反攻时机成熟，盟军将通过这条公路直捣东京。就在这年，香格里拉硝烟不断，灾难接踵而来。美国、中国、印度、缅甸对抗着苟延残喘的日本鬼子。我激动起来，开始构思：我们现代化的一个连队，携带着最现代的武器装备在香格里拉演习过程中，无意间走进了时空隧道的黑洞。他们不知道回到了1943时，只是发觉所有现代化的通讯工具全部失灵。行进到了这条秘密公路时，遭遇到了日本军队，他们以为是拍摄电影，当到了肉搏战时才发现回到了1943年。他们没有畏惧，而是热血沸腾，意识到了这是一次不可能再复制的绝好机会，一个连队面对着日本一个加强团。他们展示出了中国当代军人的勇敢和智慧。把现代化的战术酣畅淋漓地运用到了过去的战争中，更主要的是日本鬼子的残暴点燃了现代青年为国甘洒一腔热血的精神。日本大佐惊讶地问部下，这支中国军队难道是从天上掉下来的吗？我想把美国军人也拉进来了，是他们曾经看着中国军队与日本鬼子抗战，他们却像个鸵鸟把脑袋扎到沙漠里不闻不问。我设计，这个连队打到了只剩下两个人，终于保护住这条"输血"公路，而日本这个加强团全军覆没，无一生还。回到现实的是连长，另一个是美国人，他们从时空黑洞里穿越回来，见到的是太阳最早照耀的人间圣地，是潺潺而流的奶子河畔，是跳着舞蹈的欢乐藏族人群。美国人拽着中国连长的手问，这是什么地方？是伊甸园吗？中国连长骄傲地回答，这是中国的香格里拉。

我真的想寻找合作者，把这段构思写成剧本，搬上银屏，把我的创作疲惫和厌烦埋葬在香格里拉雪山深处的某个地方。

学会拥抱

过去看外国电影,常看到一个男人和一个女人拥抱,于是就产生不好的联想,外国人是可以随便拥抱的。以后明白了,那是人家的见面礼节。和年轻人聊天,谈起拥抱。他们笑着对我说,我们谈恋爱拥抱的阶段很短了。开始我没闹懂,后来经高人指点我知道了拥抱的刺激不大,拥抱只是成了简单的铺垫和程序,热衷的还是拥抱以后男女之间想做的事情。

仔细想想,拥抱是个很有感情色彩的行为。它充满了温馨和宽厚,也增强了心灵之间的沟通,包括对人的尊重。前年初夏,侄女梅梅领着她的女儿从加拿大回国探亲,刚见面时侄女轻轻拥抱了我,我有些不适应。我甚至觉得这种外国礼节有些矫揉造作。但在拥抱中,我觉得侄女对回归亲人身边的真正的渴望。她的女儿也拥抱了我,我突然体味到长辈的尊严,也意识到侄女的活泼可爱。我和侄女主要的话题就是人与人的感情,游子和祖国的感情,亲人之间的感情。梅梅的英语水平相当娴熟了,北大学了4年,研究生两年,外交学院教英语两年,到国外又生活十几年。可她感触最深的是回到祖国后听到母语,觉得有一种无法用语言表达的亲切。她说,在加拿大或者欧洲其他国家,不论有多少人在乱糟糟地说话,只要有纯正的中国话出现耳边,她都能清晰地分辨出来,并努力给对方一个问候的眼神。梅梅10多岁的女儿菲菲,能操一口流畅的英语,一口娴熟的中国话。在国外,菲菲在幼儿园学校,接触的都是说英语的孩子,但梅梅坚持和她用中文交谈。她对我说,无论如何不能让孩子忘记母语。

与梅梅聊天中,她说,我是在英国听到奶奶去世的消息,悲痛极了。你还记得我出国前夕到奶奶那儿,奶奶身体已经不行了,只能靠拐杖走路。我流泪拥抱了奶奶,我知道这是和奶奶的诀别。后来,我回味拥抱奶奶的感觉,有一种拥抱祖国的意念,因为是奶奶把我从小抱大,那种特殊情感在国外始终陪伴着我。梅梅回来,我们一大家子在饭店团圆,浩浩荡荡近二十口,摆了两桌有说有笑,每个人都感到其乐融融。父亲笑得拢不住嘴,把梅梅拉到身边给她夹着菜。梅梅说,我一直期待着这次聚会,那种幸福是最大的人生享受。在国外,有些中国人说自己是香蕉人,外面是黄色,里边是白色,我接受不了香蕉人。梅梅要回加拿大了,我送她。两人尽量不触动什么,只是一般的闲谈。告别时,她喊来菲菲,让孩子先和我告别,我拥抱住天真烂漫的菲菲,心里不是个滋味。我学着电影的样子,在菲菲的额头亲了一下。我看着菲菲的眼睛,清纯明亮,像是一汪泉水。梅梅拥抱住我,我们都沉默。我眼角不由自主地一热,梅梅的眼圈也红了。我说,明天就不去机场送你,永远记住咱们这一大家子。

两个月后,梅梅在温哥华寄来信,信中说:五叔,你我分手的情景至今让我心痛。那时我还未意识到再次告别亲人会成为严峻的现实。第二天早上,当车子停在门前,装上行李,我终于感到末日降临,眼泪再也止不住。我与家人的拥抱,其实是我对生命的拥抱,对生活的拥抱。

去年秋天,父亲突然去世。当晚,我看到父亲的遗像,难以抑制,一时间把遗像拥抱在怀,觉得身体充满温暖。我给梅梅发电子邮件时告诉她,我拥抱住你爷爷的遗像时,也有了拥抱生命的感觉。

我们还有浪漫吗

　　过了五十五,肚子鼓一鼓。尽管我天天坚持打乒乓球,坚持少吃肉,坚持多走步,但还是不由自主地就胖起来。以前觉得记忆力很强,自信看过的东西忘不了,但实践证明,到了这个岁数看过的,你想记的能记住,不想记的都忘光了。闺女大了,嫁给了别人就不愿意回家了,于是房间里就显得空荡荡的。工作上一直在忙,好像一天要开几个会,然后不停地在处理事情。事后想想,也不知道都忙些什么。有朋友号召到内蒙去看看,说今年的雨水很充足,草长得很茂盛,还能骑马驰骋。我犹豫,朋友诱惑我,说,你不去遗憾终生。但实在是找不出时间,因为时间都排满了。原先搞创作是寻求事业,当生活的实际处处需要钱时,才知道稿费的含义。要想活着舒服,穿得体面,就要多赚钱。男人的骨架不能坍塌,心里的压力就越大。

　　那次去北京,几个外地战友聚会,便一起来到五棵松。30多年前,我们曾经在这里栽下了一棵棵的杨树,现在都很高很高,十分挺拔。大家围着杨树,然后辨认着是当年谁栽的。我找到一棵,记得那时和战友向往着今后的爱情。面对着今天熙熙攘攘的人群,我们战友之间觉得时间太快了,以至于都没了浪漫。大家议论,都是50多岁人了,别说守住浪漫，就是寻找浪漫，浪漫也在我们忙碌之间溜掉了。有个贵州战友，现如今已经是把手重要一方的领导，他问我，咱们还有浪漫吗。我问，为什么没有。他摇摇头，说，浪漫是年轻人的专利，我们浪漫就让人笑话了。有战友插话，说，你想浪漫，传出去就说你老不正经。我真奇怪，说，浪漫是一种意境，一种陶冶情操的休闲方式，怎么不正经了呢。一个北京战友直言不讳，浪漫不就是男人和女人的事情吗，孩子都结婚成家了，你还扯什么扯。我实在不明白，浪漫就是单纯男人和女人的事吗。我对战友们口吐狂言，你们除了工作，根本就不懂得浪漫。浪漫就是情趣，就是你的放松，你享受生活的方式。战友们笑笑，然后也不理会我的理论，找个饭馆吃喝一顿，叙叙往事，然后打道回府了。

回来后我满脑子都是浪漫，我们怎么浪漫。想想，浪漫是不需要金钱的，也不非得是跳舞唱歌旅游或者看电影。浪漫需要一种心境，需要放松的状态。我家离天塔湖很近，我就利用傍晚去那里散步。领略附近一泓清水的四季风光，看着夕阳西下染得湖水一片辉煌，把周围一片片高楼装点得气气派派。我故意走得很慢，咀嚼着美丽的时刻。那次，一高兴就和几个朋友去海河，顺着亲水平台溜达，累了就停停。再想放松，就到海河畔的小酒吧，随便喝点什么，或者吮着夜风，能看到天津眼在月光朦胧中旋转着，于是就放慢了脚步。什么东西一慢了，味道就出来了。再高兴，就到意大利风情区的天堂电影院，不选择的看场电影，看什么不主要了，因为你身在一种风情中，电影的人物意境在你身边睡着了，就剩下你和天堂的音乐在共舞。浪漫是需要制造的，浪漫是需要文化积累的，你越有积累，你浪漫的享受就越强烈。有时候，我跑到茶馆去听曲艺。泡上一壶茶水，混在观众里，听他们喝彩，听台上的三弦叮当作响。我爱听京韵大鼓，有时听上一段骆派的名段《剑阁闻铃》，那委婉凄如的曲调，让你陶醉不止。说来这就是浪漫，我所付出的就是一张门票钱，可我得到的是享受。

有人说到浪漫，就想到女人。其实浪漫的内涵很丰富，并不仅仅等于女人，而浪漫的女人会使浪漫更有色彩。有回，我去海信广场担当了天津钻石新娘的评委，看着一个个摇曳着风情的女人们在延伸的舞台上走着韵味，走着斑斓，你和她的眼神碰撞，会为她们的嫣然一笑而心动。这时候，我觉得是一种圣洁的浪漫。女人的浪漫是不分年龄的。

痛苦无绯闻

写完这个题目就觉得好笑,这世界真是越变越让人难以琢磨。过去提起绯闻谈虎色变,如同遇到沥青,躲得越远越好。可现在男人女人们在一起,可以公开议论绯闻,牵扯到谁,谁也不会紧张,反倒使有些人的脸面呈现得意之色。

不久前,一帮文人一起瞎侃,几盅热酒下肚,就开始侃起克林顿的绯闻,竟然同情者众。说着说着,话题转移到自己身上,越来越具体。涉及我时,众人说,你小子有没有绯闻?我镇静地,没有啊。众人不解,说,你竟然没有绯闻,绝不可能,从实招来!我解释半天也解释不清楚,众人说,你太虚伪,把所有的隐私都包裹起来,这样活着有什么意思?不就是害怕你那一官半职的吗,再有就是担心你的所谓公众形象。这说明你小子把当官看得过重,没有一丝男人的情调。公众形象?说穿了是给别人树立的,你应该留点自己的精神世界。一帮一伙鞭笞我一番后,过足嘴瘾,都扬长而去。事后,我竟然感觉被他们说得无地自容,想想,是啊,自己真的没有绯闻吗?

其实,自己还真有过绯闻。

一晃10年前的事了,我去北京参加全国青年作家创作会议,天津的几个同伴兴致勃勃住进了北京豪华的新世纪饭店。周围年轻文人多了，心态立马就浮躁起来，一部分话题就围绕着男女情感转。平常不敢说的内容也放肆地公布出来，被调侃的男女主人公一个个冒出来亮相。晚上，我去游泳时，有个好事者突然悄悄拦住我不怀好意地说，你别一本正经的，坦白是不是和一个报社的女记者不错？我表情茫然，好事者见我不认账，便提醒我那个女记者的名字。我听完一愣，很是恐惧。因为这是第一次听到自己的绯闻，又正逢自己在仕途上提拔的关键时刻，浑身鸡皮疙瘩都窜出来了。我忙说，你这个消息从哪来的？好事者见我紧张的样子，扑哧笑了，说下面都传你和她好呢。我神经兮兮地问，你们有什么证据？好事者大言不惭地说，你和她一起到公园，还不知道躲避，跑到围墙边上偷偷接吻，正好让人家看个满眼，对不对？我松口大气，狠狠捶了好事者一拳，说，你歇会吧，我要是和她有这龌龊事，天打五雷轰，让我不得好死。好事者疑惑地望望我，我说，纯粹拿我找乐，不定把谁的事按在我头上了。人家这位记者可是良家妇女，招你们惹你们了。游完泳回来，我当着众人面正式辟谣，大声说，不许糟蹋人家！

我这次辟谣，成了大家的笑柄。

大家嘲笑地说，你这一辟谣，说明你这人没劲透了。以后哪个女人还敢喜欢你啊，都让你吓跑了。再者说，眼下哪个有些名气的男人和女人没有绯闻，有了绯闻对名气反而更有好处。

几年前，我混上个一官半职，第二次绯闻又传来。又一个好事者郑重地找我，说你是不是给某某买个挎包，鱼皮制作的，很是精致。我再次茫然地看着他，说，你是不是吃错药了，我吃饱了撑的给某某买挎包干什么？好事者见我抵赖的样子，认真地说，有人在商场看见你们了，手拉着手，像情侣似的。另外，某某私下也承认了，说是你给她买的。再者，我也看见了某某新的挎包。这人证物证都有，你还狡辩什么。我这是对你负责，你现在不同以前，是一方的领导，办事得注意影响。某某本来就是个招眼的女人，别一失足落成千古恨。这回我倒真生气了，脸色如铁，但没有与好事者再解释，而是沉闷了许久。我确实和某某去了商场，那是因为买什么东西，找她帮忙。但手拉手如情侣，简直在编小说。某某确实买了个挎包，是鸡皮的是鱼皮的我不晓得,可我没掏一分钱。我这人胆小如鼠,就是斗胆有什么想法,也不会在众目睽睽、光天化日之下那么缠绵,打死我也不敢。我找到某某严肃地谈起这事。没料到,某某嫣然一笑,说,我那是开玩笑呢,你也当真啊。我瞠目结舌,任凭某某在我眼前款款离去。

好不容易有了绯闻,可绯闻却捉弄了我。

几年后,文坛绯闻多如牛毛,一些专暴露自己绯闻的小说也很走俏。我倒清静起来,我的原则就是没有金刚钻,就别揽着瓷器活儿。可久而久之,有些忐忑起来。没有绯闻,就意味你生活得太严肃,太正经,也就是你这人没有情调,或者干瘪。我想想,自己虽不敢说相貌堂堂,但也不少鼻子少眼,怎么就落个孤家寡人呢。

去年,电视台搞一个谈话节目,叫《非常情感》。主持人是我朋友,找我当嘉宾,说让我主谈,内容是你怎么样理解朋友这个内涵。那日,我穿着打扮去了演播大厅,里面坐了100多位观众,手里拿着红色的和绿色的牌子。主持人告诉我,观众要是同意你的观点就举绿色的牌子,要是反对你的观点就举红色的牌子。我谈起朋友的界定,认为朋友不要多,必须是心心相印的那种。话音未落,观众有大部分都为我举起绿牌,我眼前好像一片生机盎然的树林。主持人突然发问,说,你有异性的朋友吗?这时,四周都盯着我,摄像机沙沙响着。我苦思冥想,主持人逼我说,你刚信誓旦旦的,可不能敷衍。我无奈地说,有啊,我说出一个文友的名字。因为我觉得和她关系不错,比较谈得来,绝对没有任何歹意。我曾与主持人底下聊天时说过这位文友,没想到主持人把我当众给卖了。这时主持人说,请看大屏幕,我们采访了李治邦说的这位文友。接着,我惊愕地看到那位文友吞吞吐吐地在大屏幕上评价我,说治邦这人不错,善良,也肯帮人,但我们只是一般的朋友,提不上多么深刻。当观众在笑声中看着我时,我恨不得找个地缝溜走。偏偏主持人又问,你怎么看刚才你那位文友的评价?我梗着脖子说道,她说我是一般朋友,我把她看成深刻朋友。我说完,观众一片掌声,纷纷给我举绿牌子。

我想制造点什么,结果又扮演成尴尬的角色。

事后,这事传开,航鹰大姐主动打电话给我,说你真是个傻小子。我替你鸣不平,找到你那位文友,批评她不该出卖你。你这位文友说她根本不知道是这个结局,当时只是觉得在电视台做节目，说话一定得慎重，没想到弄得你很难为情。我故作镇定地对航鹰大姐说，没事，其实她解释得对，我也是开玩笑呢。撂下电话，其实我真的觉得与这位文友是朋友，而且是好朋友。

说起来，惭愧啊。闹了三次，都是假招子。就跟《红楼梦》里的晴雯一样，担了个虚名。我就纳闷，怎么不绯闻一把真的呢。

你说人也是，有绯闻苦恼，没有绯闻也苦恼。

这个世界真是不可思议……

书屋闲境

前不久,我出版了一部长篇小说《红色浪漫》。由于跟出版社订的书不多,我就想找出版社再买一些。女儿知道后不屑,说,找那麻烦,随便上网就能买到最便宜的。第二天,她高兴地打电话给我,说买到了,能打七折呢,你说要多少本吧。问起周围的年轻人,他们都说已经不去书屋买书了,上网购书多方便呀,到时有人给你送过来。我听完觉得很纳闷,不去书屋买书,还有那闲境的味道吗?我去北京一般都爱到靠近北京人艺剧场附近的三联书店去逛逛。那里很安静,下到底层游走在书柜之间,随意抽出一本喜爱的书,站在那静默地翻阅,黄昏时能有一束橘黄色的光亮照在书页上,显得捧书的两手也有了温暖。

说起三联书店,那年我去香港,是秋天季节。走在一个繁华的街道里端,就开始寻找这个书屋。突然僻静了许多,就看见三联书店的门口灯光。我去的时候已经快关门,我走进去里边读客还很多。我发现了一部《中央乐团史(1956—1996)》,随意浏览就有了兴致。作者透过中央乐团的历史,折射了西洋音乐引进中国的百年历程。不一般的视角,细致化的人性描写,暗藏千军万马的春秋笔法。这时,传来轻轻的声音,说已经到了关门时间,但您尽管继续浏览,我们不会催促您。这声音温馨、暖人心肺。我只好放下书籍,随着读客的脚步留恋地离开。我到了时代广场,旁边的人都疯狂地扑进了金店或者莎莎。听说九楼有书屋,我就直接上观光电梯到了那里。果然书屋很大,英文书居多。我就到玻璃门的另端,在中文的书海里,更多的是小资味道很重的都市言情小说,封面装帧都很精致,画的插图也很浪漫。我不怎么爱看,觉得都是爱情天堂的故事,显然与我不太相符。还有就是风水和易经的书,五花八门,弄得你不知道是真是假。还有很多烹调的书,里边的插页都是彩色的,佳肴造型新颖,看得你口水四溅。我在一个角落,看到有香港版的世界名著专柜,挑了一本我喜欢的奥地利作家茨威格的《象棋故事》。看累了,换了一个姿势,发现玻璃窗那端是咖啡店。我随手买下,到咖啡店里买了一杯卡布奇诺慢慢喝,翻阅着茨威格给我描述的那个海景,那艘充满神奇的游船,那一场激动人心的博弈。

几年前去日本东京,忘了是哪家书屋,靠近银座。进去以后发现里边很大,所有的书柜都很高,需要竖梯子才能到上层。让我比较惬意的是有舒服的椅子,可以挑完了就倚在那里翻阅。书屋很安静,尽管都是走动的读客。我拿下了不少自然风光的画册,看到的是鸟儿在空中飞翔,或者梅花鹿在田园里散步,再有就是漫山遍野的樱花盛开。看书也是养眼,养眼了心境就开阔了,纷乱的脑神经也随着梳理。看到一个日本女孩子在看书,上身被书柜遮挡,只有伸出来的一条腿,光洁如玉。有朋友喊我要走了,我离开时看到那个女孩已经不在了,空气中留下一股淡淡的清香。

食无语

  有一段时间,因为工作疲劳导致身体不好,跟一个中医大夫聊起来。他问我,你平常吃饭怎么样?我想了想,回答,不怎么样,就是吃什么都不香。大夫又问,是不是吃饭时候都是一帮一伙的聊天,或者借着吃饭谈公事? 我这次没想,点了点头。大夫说,古代人讲,食无语。那就是专心致志地吃饭,细嚼慢咽,饭才吃的香,胃口才能得以消化。大夫叮嘱的这一席话,让我回味许久。好几次去吃饭,经常看到在大厅里座无虚席,人声鼎沸,嬉笑怒骂不绝于耳。还有的餐厅为了吸引食客,在餐厅里设立卡拉 OK,边吃边唱。为了应酬,一般的方法都是去吃饭。吃饭的时候谈公事容易成功,尤其是喝酒。往往多喝上几杯,在办公室难谈的都在餐桌上解决了。这样,吃饭就成了符号,而谈事倒成了主导。谈的人听的人心都不在饭菜上,都在对方的心理上。可不管你谈什么,配合的只能是胃口。你去应酬,你去费劲心思的办事,胃口就得配合你,随着你的情绪蠕动。本来吃半饱正好,但为了周旋,为了增添餐桌上的气氛,就得吃个整饱。胃口天天跟着你满负荷工作,酸的苦的辣的都具备了。结果,胃口就找你的麻烦,这是必然的。

  在餐桌上说话聊天是经常的事,要能做到食无语实在太难了。试想,大家吃饭的时候不说话，闷头在那吃，也实在无聊。但做到食少语还是可能的，起码不会是从开吃就说，一直说到结束，那样也太累。有时候，听有的朋友说，不想饭局，或者一听饭局就发憷，愿意回家吃饭，哪怕是回家喝口粥吃碗面条也舒服。确实如此，哪次饭局下来就像打一场乒乓球浑身没劲儿。你得看周围什么人吃饭，学会跟什么人在餐桌上说什么话。有时候，一场饭局下来，究竟上的什么菜未必记得，甚至回忆不起来什么味道，可饭局上的什么人会记得。能做到食无语，起码能心静，能做到吃饭的时候不想别的。心静了，气就平和了，吃饭的时候就觉得胃口的蠕动舒服了。有次，与几个朋友在海河边的一家餐馆吃饭。透过硕大的玻璃，就能欣赏到海河的夜景。餐馆里有几扇窗户，能从不同的角度领略到海河的灯火璀璨。在餐馆里竖着一个牌子，上面写着，请尽情欣赏海河的美景，仔细品尝美味佳肴。我们几个人似乎受到了牌子上这两句话的影响，很少说话，看着美景，品着佳肴，心境也如海河水那样缓缓流淌。记得去年到欧洲，吃饭的时候发现周围的人很少有响动，偌大的餐厅好像没有人。即便有人说话，也是很小声地。餐厅里安静了，我们要是稍微大点声，就会看到各种目光投放过来，于是就不好意思了。据当地导游讲，我就怕大家吃饭的时候大声说话，那样会让我很尴尬的。可是哪次叮嘱，哪次都没有作用。我们依然旁若无人的大声讲话，时刻都不停止。不知道食无语这个解释人家知道不知道，说起来似乎是个习惯，其实是个素质。

古代人能做到的，我们现代人怎么做不到呢！

学会休闲

休闲还用学吗?

我写这个题目,也给自己出了个难题。因为每个人的休闲方式都不一样,有的就愿意在公园里听听京剧,觉得惬意。有的蹬辆自行车在市里新开辟的路上跑跑,逛逛风景,也是享受。有的在家的沙发上一卧,捧本消遣的书一读,再听听音乐,觉得就是神仙过的日子了。有的往体育馆里跑,在那活动身体,据说,大城市里打保龄球和网球的人渐多,这都是高消费的休闲。更多的则是在休闲时间忙碌家务,腰酸腿疼的,若是看了我这个题目该说,这小子吃饱了撑的没事干了。

我呢,每天在单位忙一天,神情疲惫地回家,一般都是吃完晚饭或者吃着饭看电视新闻,完后,再去刷碗,抽空接着看"焦点访谈"。稍休息片刻,主要是躲开广告高峰,再看电视剧什么的。如今电视频道多了,天南海北任你选择。我喜欢体育,就多看体育频道。就这样不紧不慢地看电视,觉得哪个频道都没意思了,坐在电脑前写东西,不知不觉到了十点。这期间,晚间新闻三大黄金版块儿是我必看的,体育新闻完了就十点半了。接着洗脚,脑袋一挨到枕头就迷糊了。平常晚上是这样,到了礼拜天,也大体差不多,无非再加上陪着老婆孩子逛逛商场。由于我买了影碟机,烦闷了看看外国大片。盘买多了,老婆也不乐意。

这样的休闲套路不光是我,我做过统计,大多数人都这样。于是我惶恐地发现,电视机把我们锁在家里,休闲实际就是看电视。电视上火爆什么,我们就热闹什么,上班下班的大侃一通,好像离了这个话题就什么也说不出来了。再有电视上红火什么,我们也就跟着起哄。比如甲A甲B的足球赛,由于有了体育频道,是球迷或者不是球迷的紧折腾,吼得嗓子发炎,邻居找上门为止。倘若,这一段电视上没有什么拿人的东西,人们好像一下子没了魂儿。

我想,除了看电视,我们自己应该怎样生活呢?比如今晚没电了,家里点上蜡烛,你将会做什么。再严重些一个礼拜没电,你和家人将如何面对呢?我问过朋友,朋友回答说,真向你说的这样,一个礼拜看不到电视,生活在蜡烛下,活着还有什么滋味儿。就连我的岳母都说,现在没什么都行,就是不能没有电视。其原因是她瘫在床上,全靠电视维持着她的晚年生活,哪怕电视上猫叫狗叫的也行。

我有些恐惧,电视这么一个匣子,插上电源,就把我们生命的一半占去了。我们靠电视生活,靠电视支撑精神,休闲的乐趣仅浓缩在电视里,是不是单调了。休闲时,我们还可以散步嘛。自从我想离开电视后,晚上就常常在附近的湖边散步,看万家灯火,看湖面上的点点磷光,看夕阳的坠落,看花前叶尾的翠青……身心得到一种陶醉和满足,觉得生活的美好和浪漫。可以偶尔掏把钱,全家去看电影,在特有的欣赏氛围里享受浪漫。我们还可以和朋友们在一起相聚,现在朋友之间见面越来越少,一旦见面都是找对方办事,急功近利。倘若大家一起点一个火锅,涮着什么,喝着什么,然后在一起嬉笑着什么,直到尽兴了,再慢慢分开,会是多么快活呀。也可以到书店走走,陶冶情趣。我去过一家租书刊的小店,里面有不少平常看不到的刊物,一个小时3块钱,你在里面任意浏览中外名刊,别有洞天。更可以不看电视,拧亮一盏台灯,播放着你喜欢的音乐,捧一本你爱看的书,清闲闲的消遣,累了就顺势躺在床上睡着。

说来休闲的方式很多,还真有个如何丰富的问题。

三个好人

三个月前,我可敬的老大姐吴绵绵去世了,她属蛇,比我大一旬。她从小就唱戏,梅兰芳大师亲自教过她,据说是手把手的指点。后来是杨荣环名家口传心授,把她当做贴己的学生。本来吴绵绵应该在舞台上大放异彩,可文革的十年把她下放到工厂。她到艺术馆报到的时候是我接待的,成了她的领导。应该说京剧是她心里的一个疤,可京剧又是她心灵里的圣殿。从她上班起就投入到京剧事业里,培养学生,她说靠她的脸到北京,把能请来的专家都请来讲课,然后跟学员同台表演。我记得那时,孟广录、张克等一批后生都受过益。我知道她一直想重新登台演一把《贵妃醉酒》,于是就满足了她的愿望。那天在艺术馆的剧场,台下的观众满满当当,甚至有不少人站着或者坐在台阶上。当吴绵绵谢幕的时候,我看到她满脸都是泪水,冲刷了浓浓的戏妆。退休了,她可以休息了。可依旧跑她的母校戏曲学校上课,讲课费寥寥。我劝她为了几个钱不去了。吴绵绵严肃地对我说,真不是为了钱,就是想把自己肚子里的玩意能掏出来给学生。可就在她踌躇满志的时候,喜欢她的一个男友在台湾出车祸遇难,而她自己得了喉癌。艺术馆的人给她募捐,手术算是成功。可她那甜美的声音再也听不到了,于是她就嘶哑着声音,顽强地用手比划着教学生。当她躺在床上不能再动弹的时候,我看到的是骨瘦如柴的吴绵绵,完全脱形了。她张着嘴努力给我说,我听出来是遗憾她走了,学生没人教了。我走出她那狭窄的房间,眼泪已经模糊了。送她走的时候,我看到很多京剧名家,更多的是她的学生。

一个多月前,我可敬的王济老师离开人间。他应该说是天津曲艺培养人才的先导,最早动员我做曲艺工作的就是王济,他说,给曲艺加点文学你是内行的。我拒绝了,他很难过,多少次见我都说可惜。他因癌症在家很久了,看着他单薄的身体总觉得会被风吹倒,可每次到他家都看见一张布满笑容的脸。他写的名段不少,可哪次提起他都摇头,说不是玩意。王济是个好老头,脾气好,可哪次见他发言都是慷慨激昂,说话都是锋芒毕露,都在维护着天津曲艺的大旗。有人告诉我说王济不行了,我去看他,他艰难地挺直自己的腰板,说出来的话都离不开天津曲艺。可以说,王济是在为天津曲艺活着,人要是有了这种执著,谁都拦不住。王济走的那天,我去看他,可那天就是阴错阳差。很晚了我才赶到那,见依旧有很多人在夜色里走进他的房间。

半个月前,一个很普通的好朋友王艳走了,说她普通,是因为她就是青年宫的一般干部。结识她是因为文学,她说读了我写的作品,很想跟我认识。接触多了,才发现她是一个很纯的女人,好像不怎么食人间烟火。她先天心脏病,大夫很早就判了她的死刑。于是她就是像天使般地活着,她说活一天就要给别人带来快乐和幸福。跟她见面,说的都是别人,根本没有自己。朋友之间有了困难,她知道都舍心帮助,不会吝啬什么。我们出去,别人拉下的东西都是她给拎着,最后再告诉你,放心,东西在我这呢。想喝水了,她递过矿泉水,你好像觉得都是理所当然。当她得了肝癌以后,她不愿意麻烦任何人,在床上默默忍受着。我们去看她,她惶惶地拿出自己珍藏的宝贝,给这个送那个,你说不要她会跟你急,说,我就要走了,留给你们不是个物件吗。听她姐姐说,她的东西送得差不多了。打电话给她,听到的总是温馨的声音,有时候会给你笑声,让你闹不清楚她是否快离开人世。最后一次,我去看她,她站起来,我情不自禁地拥抱了她,她的身体如一张白纸。她轻轻地说,我感谢你的拥抱,这恐怕是最后一次了,祝你幸福。不久,她就真的走了。我们去的时候,按照常规要留点钱。可她的姐姐们坚决不收,说,王艳走以前说,不收一分钱,谁收了我在九泉之下也不答应。

　　三个好人走了,一直让我心乱如麻。

梦回都江堰

　　游览都江堰也就是汶川地震前的那年深秋，因为要参加一个四川笔会匆匆而去。几次去四川，都没能欣赏都江堰，内心总觉得是一种缺憾。从启程到都江堰也就是不到一个小时，那天下着蒙蒙的细雨，即便是下着雨，都江堰的门口也是涌满了游人。因为下雨，看不见人头攒动，见到的都是五颜六色的雨伞。我们游览都江堰是由一位当地女诗人做的向导，女诗人长得很秀气，眉宇间透着一股清冷，说话语言委婉而动听。她提议从后山进入，至今我还能清晰地回忆起都江堰旁那个山青水幽，依岷江水而生的小径。在那位女诗人的带领下，我们零距离地体验了雄伟的堰和清凌凌的水。在女诗人细心生动而富有感情的描述下所有的景致显得灵性起来，都能触摸得到，吮得香气。她深有感触地说，都江堰就是一条不死的鱼，用自己的身体造福着下游的无数百姓。

　　不知道从什么时候登上了一个高坡，鸟瞰着，激动着，品味着这个建于公元3世纪、由战国时期秦国蜀郡太守李冰及其子率众修建的都江堰。团团水汽弥漫在眼前，半遮半掩着全世界至今为止，年代最久、唯一留存、以无坝引水为特征的水利工程。整个都江堰主体分为鱼嘴、飞沙堰、宝瓶口三部分。我好奇地问女诗人，现在都江堰只是一个景观吗？女诗人自豪地说，过去两千多年了，至今仍发挥伟大效益。不愧是诗人，她用了一个伟大，可见都江堰没有因为它的历史而放弃对当代人作出的贡献。走进举世闻名的二王庙，女诗人说它应叫做崇德庙，后来因为李冰父子治水有功被封为王，习惯称为二王庙。她感触地说，二王庙多灾多难，它曾经毁于战乱，清同治、光绪年间相继修复。在上世纪30年代，二王庙主体建筑又毁于火灾，后来再次重建。可惜"文革"期间，李冰父子塑像又遭了劫难，后经重塑金身，你们今天才有幸看到。

细雨不知不觉停了，但身边还漂浮着一层层的水汽。朦胧中，我们顺着女诗人的身影在庙内徘徊。二王庙分东、西两菀。东菀为园林区，西菀为殿宇区。设计者的布局严谨，所处地极清幽。走着走着以为是死路，却没想到梯回壁转，再入眼帘的又是一片亭殿交错，飞檐叠阁。漫步其间，女诗人给我们指点着壁间刊刻的"深淘滩，低作堰"等许多治水格言，这都是我国古代治水经验的总结。走近李冰父子的雕像，细观上去见生动而传神。本想能细细地观看，可是后面的游人越积越多，几乎是人挨着人。女诗人带我们七拐八绕地走出，再回首望去，二王庙已经耸立在身后。这时候的感觉是它几乎贴在山壁上，稍微动一下就要掉下来，可确又牢牢地粘贴上。沿着峭壁的山路朝下走，看到了坐落在都江堰首鱼嘴上，被誉为中国古代五大桥梁的安澜索桥，又名夫妻桥。它始建于宋代以前，明末曾经毁于战火。走在索桥上感觉摇晃。女诗人说，过去的桥以木排石墩承托，用粗如碗口的竹缆横飞江面，上铺木板为桥面，两旁以竹索为栏。她说现在的桥比过去下移了100多米，将竹改为钢，承托缆索的木桩桥墩也改为混凝土桩。我觉得还是过去的好，一改就有了现代的感觉，没了竹索，就少了几分诗意。女诗人笑了，说这里的游人如织，竹索显然就不安全了。

走下桥，穿过一个亭子，进入到一片开阔地。站在这里能仰视都江堰，二王庙陷入到云雾中，犹如仙境。水声鼓来，逼迫的我赶到河面上，吮着水汽，用河水荡涤着心灵。我觉得都江堰除了雄伟庄严，还有的就是大气磅礴，让人不能大声喧哗，不敢粗言造次。都江堰的建成，使成都平原水旱从人，时无荒年，天下谓之天府了。也就是说都江堰给了老百姓幸福，给了四川那份安逸和城府。当我得知地震消息时，我第一反应是都江堰是否安好。我了解到举世闻名的二王庙大殿垮塌了,我默然许久,眼眶潮湿了。经历了这么多灾难的二王庙又一次被强烈的地震所摧残,尽管我知道当地文物部门会让它重新站立起来,但那种失臂断颈的感觉油然而生。我不知道李冰父子的雕像如何了,想必即便倒了也还会微笑地面对我们。我不知道那位当地的女诗人是否安好,是她引领着我们一起抚摩冰凉彻骨的岷江水,一起在二王庙前对李冰父子祈祷平安。都江堰是神奇的,没有都江堰几千年来默默地坚守着岗位,不可能有今天美丽富饶的四川天府,更不可能有那独树一帜的四川文化。夸张地说,都江堰造就了四川人天生闲适的性格与生活状态,我祝愿四川人正如这矗立在江中的堰一样,任它岷江水时枯时盈,总能闲庭信步一般的化解灾难。

在一天晚上,我梦见了重新回到都江堰,在晨光下一片辉煌。

浮休

　　前不久出差广州，飞机因为大雾的原因迟迟不能起飞。于是就在候机室里百无聊赖地等，因为就是一个人，所以觉得很寂寞，因为广播里传出来需要等 4 个小时的消息。平常忙碌惯了，从早晨起来睁开眼开始，一直到晚上铺床睡觉，好像每一分钟都有很多工作需要处理。即便睡着了，白天惦记着的或者转天要办的事情都会在梦里再现。当然，在梦里办的事情都不顺利，甚至都是噩运结束。我只得在候机室里的书店转悠，无意间看到了日本著名作家渡边淳一新书《浮休》。我觉得这个名字怪怪的，于是拾起来简单看看，书里的题跋对浮休有个解释，陡然吸引了我。浮休：谓人生短暂或世情无常。语出《庄子·刻意》："其生若浮，其死若休""何必待衰老，然后悟浮休。"后边又引证了唐代大诗人白居易的一句，"人为天地客，处世若浮休。"为了更好说明浮休的含义，作者又通俗地诠释，说，"一切都是稍纵即逝的"，所以要抓紧当下好好生活。

　　我找个清闲之处，捧着这本《浮休》进行阅读，大体上读完了，就听到飞机即将起飞的消息。说实话，渡边淳一这本新著并没有打动我什么，充其量也就是作者的老套路，男主人公久我和女主人公阿梓曾是一对恋人，但最终错过。各自成家多年后，又相逢相恋。然而正当两人沉浸于中年重新焕发的情爱中，阿梓患上了重病。面对世俗观念的压力，以及所谓的家庭的责任，是离开，还是不再错失，该如何选择？结尾并不出乎预料，当然是符合小说的题目浮休了。小说不吸引我，在飞机上，我看着窗外清凉的夜空在想。我能有多少时间为自己生活，让躁动的心脏安静一会。在繁杂的工作里，能有多少时间稍微停下来，呼吸一下外边新鲜空气，看看树上的鸟儿在蹦来跳去的。我办公室外有个阳台，站在那就可以看见一棵参天大树，枝繁叶茂。我曾经听过有喜鹊在外边叫，我都没舍得回头看看。这时，有同事进来惊喜地对我说，你看，外边有两只喜鹊在叫呢。我总在赶着办事，跑着应酬。晚上有两处朋友聚会，我为了谁也不得罪，就把两个聚会放在一个地方。结果跑到这房间敬酒，没说几句热话，又颠到另个房间寒暄。两处的朋友都不满意，我却累得要死。有朋友不解地问我，为什么把自己安排得这么累呢。

　　我去过日本，在东京的地铁，我看见所有的年轻人都在电梯里跑。岁数大的则站在一边闪开路。我问过日本的一个朋友，他说，都在赶工作，站在电梯里会浪费时间的。我又去过成都，很少看见街头有人快走，都是慢腾腾地走，边走边吃什么，或者嘻嘻哈哈地聊天。我问过成都的朋友，他说，为什么要走这么快，在这么漂亮的街头漫步多惬意啊。实事求是地讲，也不是日本什么都快。我在东京的银座，随意走进一个书画廊，上面是超市，乱哄哄的。可走进书画廊里边却很安静。所有摆放的书柜很高，需要竖梯子才能到上层。让我比较惬意的是有舒服的椅子，可以挑完了就倚在那里翻阅。尽管都是走动的读客，但每个人的脚步都很慢，像是走太空步。我拿下了不少自然风光的画册，看到的是鸟儿在空中飞翔，或者梅花鹿在田园里散步，再有就是漫山遍野的樱花盛开。其实看书也是养眼，养眼了心境就开阔了，纷乱的脑神经也随着梳理。

　　一个当过领导的朋友退休了，在鼓楼古玩城开了一个小店，起名为瑞气堂。我应邀去他店里，看他在店里悠闲地赏玩着自己喜欢的东西，完全不是急着赚钱的样子。我说，你不像个小老板，倒是找个清静地方修身养性。他开心地笑了，说，我把家里喜欢的东西全摆在这了，就是想给自己看的，给你这样的朋友看的。赚了就是乐子,赔了也是乐子。心脏也是太阳,白天升起来了,晚上也要休息。无独有偶,我另一个朋友退休后,每年带着老婆周游世界一个美丽地方。我问他,他说退休4年,已经去了4个地方,好极了。我说,你是不是发财了。朋友认真地说,我在职时就积攒,为的就是这天。现在胳膊腿还好使,等到真的老了,想上哪去也是鞭长莫及,后悔就来不及了。

暗示

　　我曾经写了一部小说,书名叫《暗示》。那是一名心理医生朋友总提的名词,他说,有人给你暗示多了,你就有可能受到影响。比如,你脸色不好啊。总这么说,你就产生压抑,怀疑自己哪出了毛病,于是到处去检查。后来,果然气色不好了。当然,也有暗示你提拔的例子。总说你要提拔了,于是你提拔的消息不胫而走。传着传着,你也相信了。但是传到领导那会有个不好的结果,就是你不能提拔了。所以有人说,你提拔了。听者马上会惊慌失措地说,千万不要提这事。我有个朋友10多年没见了,也不知道他去哪了。后来打听到他被判刑,原因是与老婆打架,把老婆打成重残。起初我不相信,因为这个朋友不是粗鲁人,跟谁说话都慢声细语的。他老婆倒是厉害,说话风风火火。没想到,前不久,这个朋友突然找我,我看见他后简直认不出来。头发秃掉了,身体也很虚弱。聊天中,知道他和老婆打架的一个细节,就是他老婆总是骂他不是男人,一吵架,他老婆就戳着他鼻子说,你有本事骂我一句,你是个男人打我一下。当然,他不敢骂,更不敢打。久了,他老婆就厌恶地嘲笑他,不是男人。这类话说多了,最后这次他老婆又开始喋喋不休地说你敢打我的话,他脑子突然热血沸腾,就抄起了什么,结果他愕然地看见他老婆应声倒下。我问他，为什么能下手？他低下头，嗫嚅地，我也不知道，我就知道她总让我打她，说不打她就不是男人，我就打了她。我曾经去监狱采访，跟一个当过厨师的犯人聊天。他说起自己犯罪的经历，说，本来这个顾客跟老板吵起来，我没太在意，因为经常有顾客喝酒喝多了或者想发泄什么，就跑到后厨闹事。那天，这个顾客冲进来的时候，我正在剔肉。顾客见老板溜了，就跟我喊。起初我不理会，他越闹越凶，说着就要抢我手里的刀，我不给，说，别看你拿着刀，你敢砍我一下吗。我当然不敢，可这个顾客就开始跟我撒泼，我跟他还嘴，他就朝我脸上吐口水。我举起了刀，其实就是吓唬他。他把脑袋伸过来，说你有种就砍。我哆嗦着，他催促我，我就砍了下去。砍完了，他脖子上流着血，诧异地喊，你小子真砍呀。

我也吃过暗示的亏，以前我坐飞机没事。前年有次我去重庆，坐的是小飞机。在机场碰到一个朋友，他说，小飞机最容易晕机，特别是遇到颠簸的时候，你会觉得憋不过气，看哪都是倒着的。说完他走了，我上飞机时已经天黑了。结果，飞机遇到颠簸。其实也不很厉害，可我想起朋友那句话就开始紧张。我是越紧张，头就越开始晕，我突然发现我眼前开始旋转，马上就闭上眼睛。随我去的同事很惊讶，忙问我怎么了。我好面子不说，可越不说越憋气，憋得我几乎窒息。从那次起，只要我一坐飞机，我就不断提示自己没事，都是自己吓唬自己。可没想到，这种提示也是另外一种暗示，飞机遇到颠簸我就紧张，手心都是汗。有次我看见那个暗示我的朋友，跟他抱怨，他笑了，说，我就是随便那么一说，是你自己找的。再有就是睡眠，有时睡眠不好，晚上睡觉前就紧张，就暗示自己千万别睡不好。越这么想，肯定就睡不好。有次上卫生间，回来再躺下，不知不觉就精神起来难以再睡。后来，半夜一上卫生间就提醒自己，不要精神，快点入睡。当然，这种提醒就是睡不着的前兆。

人对暗示还是别太介意，暗示这东西说大可大，说小可小。最好的办法就是我行我素的生活，谁说什么就说什么，你有千言万语，我有一定之规。

对暗示也不要一概排斥，也有好的暗示，什么你今天气色真好，你这身衣服真可体，你是不是美容了那么漂亮，你办这事一点问题也没有，你今天的口才太棒了，这事没你真不成，你炒菜太好吃了。所有这些好的暗示，都足够你美一阵子了。

学会不生气

　　前不久，因为单位人与人之间的琐事，我受了委屈，又由于碍面子，不好意思说出来。于是回家，无缘无故发了好几次火。家人问我，究竟因为什么，我还是不肯张口。好久，我才慢慢释放出来。没想到刚平静下来，上级机关有人悄悄告诉我，说有人给我写匿名信，没有信纸，信封上写了一行字，大意说我专横跋扈，杀人帮凶等等。于是，我又生一肚子气，这次回家也不能再跟家人发泄了，只得闷在肚子里，越想越憋囚。从美国回来一位朋友说，你应该找心理医生看看，跟谁有了矛盾，或许你跟他说出来，他再给你解释解释，打个哈哈你就过去了。我摇头说，我又没病，找什么医生。他笑笑，其实咱们中国人心理调节不好，缺的就是没勇气找心理医生。

　　我一直以为自己生活的比较轻松，心眼比较宽，一般烦恼的事情过去个把小时就会化解开来，不会因此憋囚半天。若事情再大些，也就是当晚睡不好，转天醒来，见窗外满天的朝霞，呼吸一下新鲜空气也就被冲淡了。我一向认为人不能树敌，树一个就会烦恼多一点；更重要的不占别人的便宜，就会少一分内疚；不整治别人，就会多一些清静。当双方都处于僵持谁也下不来台时，我也情愿宁使自己当时尴尬，也不让别人难受。但想起来,这些都是一种良好的愿望,或是自我解脱的低级办法。关键是要学会自我调节,使心情轻松下来。

我有时在单位遇到了矛盾,或和谁发生了不愉快,上班骑车到了单位门口就发憷,真不想走进去。后来我听说,有不少人和我一样有这种感觉,都说,因为评定职称或者调级或者提拔等遇阻时,心里就不痛快,连单位的门都不想迈。进去看见闹矛盾的人就堵心,暗地里杀他的心都有,怎么看他怎么别扭。更有意思的是在大年初五,心里别扭的人都在举着菜刀剁小人,嘴里念念有词。听这样的话多了,我突然也嘀咕,和我闹别扭的人是不是也这么想,一进门,就会看到李治邦,躲又躲不开,然后在大年初五举着菜刀……想着,浑身鸡皮疙瘩就起来了。人事之间的你争我斗,可能就这么因为屁大点的事恶性循环。我可能使别人不痛快,别人也会找茬儿让我下不来台。人与人的关系就像玻璃杯子,薄得很,一磕就碎。

眼下都想轻松,可谁也轻松不下来。前年,我的一位老朋友突然去世。大家聚在北仓殡仪馆,望着火葬场的烟囱都发起感慨:还争什么,找什么别扭啊,一闭眼就什么都没了,无论多大的官,多大的名气,还不都顺着烟囱冒出去了。可说归说,大伙儿一出殡仪馆的门,回到单位,背后勾心斗角的循环又转上了。我想,要真正学会轻松,首要学会光明正大,不背后搞小动作。有话说在当面,不苟且。

另外,要学会宽容,遇事总想想对方的出发点,他为什么会这样想这样说。再有更重要的就是学会不生气,遇到解不开的扣,就不要非去解。躲开,想想愉快的事。记得那年,我在单位和一个同事发生不愉快,两人见面都扭头,我做梦都把他推进深渊。当矛盾到了激烈的程度,我想和他大闹一场,打个人仰马翻。冷静下来,我请了两天假,去了趟北京。在飒飒的秋风里,我登上香山,眺望远处的京城,朦朦胧胧,身后是满山遍野像血般的枫叶,顿时豁然开朗了许多。等我回到单位,沉下来分析自己,竟觉出有不少地方做得欠妥,甚至伤害了对方。一晃,过去了一年,当和这位同事重新谈起此事,他也讲起当时和我相同的心情。

学会不生气是件难事,但还是学学为好。

珍惜生命

那天的天气很晴朗，真的，一点风都没有。

可我的心情并不好，我觉得自己始终在忙碌，一点也不愉快。而且自己都是为别人忙碌。奇怪了，谁求我办事，我都不拒绝。其实，我很不情愿去做。朋友和他妻子打架了，吵得天昏地暗。打电话找我斡旋。这时我正和另外几个朋友吃饭，电话打来，无奈，我就告辞。几个朋友骂我不讲情面，搅了饭局。我只得背着朋友的埋怨，奔到那个闹纠纷的朋友家去调理。靠着三寸不烂之舌，好说歹说，朋友终于和妻子和好了。两个人手拉着手送我下楼，正当我得意时，回头看去，见朋友的妻子正在窃笑。我突然明白了，人家拿我当个找面子的载体，顺我这个滑梯下来。我就是个多余的人。妻子对我说，你能不能对求你办事的人说不，我说，不。妻子瞪大眼睛说，为什么? 我说，朋友们找我办事，是信任我。这个世界，让别人信任是最难得的。妻子扑哧笑了，你就让别人信任吧，早晚有累死你那天。

一天晚上，突然有三件事都得我出面去办。这三件事的背后都是我朋友，而且非办不可。我犯愁了，怎么办? 无论如何得有推掉的。可想想，推谁也不合适。人家诚心诚意请我去出面,就是看得起我。我就一个个安排,一直到很晚。每个朋友都不很满意,因为我都是途中退席。后来,我听到其中有个朋友背后戳我,说我是当代华威先生。我听完很难过,自己累得要死,到最后也不讨好。直到前不久,我在郊区的一家报纸座谈,座谈后朋友请我吃饭。刚坐定吃饭,接到传呼,有两个朋友在市内一家咖啡店等我聊天。我迟疑一会,回答,我实在去不了。朋友赌气地表示,我们死等你,一直到你来为止。无奈,我的老脾气又犯了。便催促人家快吃饭,吃得人家像赶火车似的。还没尽兴,我就乘车往那家咖啡店赶。出租车塞车,赶到咖啡店已经快打烊了。朋友见我赶来,丝毫不感激。三个人不着边际地聊了几句,我一瞅手表,夜深了。回家晚了,妻子又该牢骚。我就说,咱们走吧。一句话落地,两个朋友对我语重心长地说,你那么远赶过来为什么?不就是要对我们说走吧。我说,我赶过来是要表明对你们的重视。朋友说,你累不累啊。赶的过程没有意义,只有我们痛快地相聚才是最需要的。你活的方法有问题,看你忙得要命,实质上你是浪费自己的生命,甚至消耗别人的生命。朋友说的我哑口无言,沉默许久。更让我震惊的一件事,在塘沽的一个亲密战友心肌梗塞突然去世了。我悲痛万分赶到他家,嫂子遗憾地对我说,他总说你要来,他耐心地等你,可你总也没来。我内疚,确实我对战友说过多少次去看他,总是因为忙而放弃。有次都到了他家门口,因为有事耽搁而过门没入。我对他在电话说,总有时间会看你。但没想到,我们的时间不富裕,随时随刻都会有亲近的人离开我们,而不再生还。

我梳理自己,每天都忙什么?有几件是应该忙的,有几件是无须忙的。

我发现真正应该忙的极少,而大量是无须忙的。

我还在思考一个问题,生命就在我忙碌中虚度。我愉快的是什么,烦恼的是什么。我又发现,我愉快的都是属于自己精神领域里的东西。比如自己在电脑前写作,进入到那种兴奋惬意的状态,感到人生是那么幸福。再比如,与朋友们在山里游览,不带手机,也没有传呼,只有山泉潺潺,鸟声清脆。所有人都无拘无束,畅所欲言。这时才意识到生命的快乐。

初登鼓浪屿

那年的四月,春光明媚。我初次去厦门,就很想去鼓浪屿。因为,在我印象里鼓浪屿是个很特殊的地方。说它特殊,就是有琴岛之说。我小时候,就听音乐老师在课堂上讲,他暑假时去过厦门的鼓浪屿,在小巷里漫步,处处聆听到叮咚叮咚的琴声,而且弹奏的水平都很高。他按捺不住好奇心,扶梯走到一家门口,透过缝隙,见到的竟然是一个小学生在演奏。在厦门一位朋友的带领下,我们乘车来到港口。站在岸堤旁,猛然发现,渴望已久的鼓浪屿已经近在咫尺。我随口说,原来鼓浪屿离厦门市区这么近,近到了能看见岛上的树枝在摇曳。

我们坐轮渡几分钟便到了彼岸,登上鼓浪屿,豁然一片开朗。开阔的草坪和草坪深处盛开的花朵,把本来就不大的小岛装饰得姹紫嫣红,精致的雕塑在草坪中间树立,我想象是个竖琴,又含着扶摇直上的手指。当我们在商店林立的小街上闲逛时,街面的地砖色彩纷呈,好像走在图画上。走着走着,我发现街面没有一辆汽车,甚至连一辆自行车都没有。偶尔,有一辆电动旅游车静静通过。厦门的朋友说,在鼓浪屿从来不允许有汽车穿行,包括自行车,就怕污染和噪声。这规矩立到至今,从来没有人破坏过。十几年前,世纪老人邓小平来鼓浪屿视察,都是步行。老人家兴致勃勃在美丽的小岛上散步,花在身边起舞,草在耳边歌唱。一切都是大自然给予的清新,连海面上吹来的风都是醉人的。小平老人无论走到哪,鼓浪屿的群众都自发地出来欢迎,他周围没有警戒,身后也没有大批的随从。小平老人听到阁楼上悠扬的琴声,还冲着窗户寻望。

离开错落有致的商店街,我们来到著名的日光岩。攀到岩顶处瞭望,厦门的朋友指着不远处的两个岛屿说,那就是台湾的大担二担。我惊诧地喊道,离这里那么近呀,以至于我用高度的近视眼都能清晰地辨认出来,两个岛屿如浮在海面上的两只乌龟,慢慢地朝鼓浪屿这里爬。我的心情骤然有些激动,说,划一条船,也就半个时辰就能到。厦门朋友笑着介绍,那年厦门的高甲戏剧团到那里演出,去的时候坐飞机到香港,然后再转道去,整整一天的光景。结果,在吃晚饭前发现有一个重要的服装箱忘带了,而晚饭后演出的锣声就要敲响。结果,接待他们的主人说,别费事了,干脆派个船打个来回,也就一顿饭的工夫。果然,当船把服装箱带回来时,晚饭刚刚摆在桌上。我瞩目着两个岛屿许久,海水把鼓浪屿和大担二担连接在一起,炎黄子孙的亲情也融合在浓浓的海水之间。往厦门市区俯瞰,高楼成群,宛如小香港,体现着勃勃生机的特区面貌。厦门朋友说,在改革开放前,你站在这里看厦门,穷酸得很。

我们坐缆车在小岛上滑行,脚下是茂密的树木,绿色中夹杂着五颜六色的鲜花。所有小楼的造型都是别致的,一幢一个风景。当初规划者要求,重复的楼房图纸不能施工。风中,我们听到各种各样的鸟鸣,当缆车路过一片树林时,竟能看见在树枝上歇息的小鸟在玩耍。有鸟叫,就给人一种享受,就觉得和大自然很贴近。我们在居民区中寻找着琴声,真的在一处楼房下面,听到有人在弹巴赫的曲子。厦门朋友说,鼓浪屿上的居民大都有钢琴,不少孩子从这里考进北京最高音乐学府。我说,我也想搬到鼓浪屿来住。朋友摆着手,难了,岛上的居民只能搬出,不能再迁入。不控制人口,岛上都是居民,就破坏生态平衡了。我们选择海滩旁的一座小茶摊,小憩片刻,马上有人送上乌龙茶和喝茶的茶具。厦门的朋友为我们表演,精巧的小茶壶在紫檀木上滚来滚去,浓香的茶水溢在茶杯外,还保留着茶香。我们呷着茶水,瞭望着碧绿的海水,嗅着新鲜的空气,听着鸟鸣琴声,感到生活是那么美好。

夜游夫子庙

那年到南京出差,已值残秋。我曾经两次去夫子庙,这次,又按捺不住再次观赏的欲望,借浓浓夜色,漫天星斗,与朋友来到古色古香的魁光阁,魁光阁有三层,红墙碧瓦,地处秦淮河畔,夫子庙贡院街中心。这里小吃很有名气:特别是秦淮八绝,让你吃罢回味不尽。我们登上魁光阁,透过硕大的窗口,能尽情领略到"桨声灯影里的秦淮河"。记得有两位散文大师用这一个题目,写下了脍炙人口的著作。我们刚刚落座,服务小姐就对我们自豪地介绍,江泽民总书记曾在这里挥毫书写了"十里秦淮,千年流淌,六朝胜地,今更灿烂"。

我们饶有情致地呷着雨花茶,嚼着豆角酥,剥着五香豆,品着如意回卤干,吃着蟹壳黄烧饼,喝着桂花糖粥,享受着秦淮文化的滋味儿。魁光阁的小吃都很有情致,我们品尝了 16 种之多,样样色味不同,卤菜的特点突出,香甜辣不重,淡雅味不尽。前两次来夫子庙,都在修复中,虽还热闹,但只是拥满了卖小货的摊位,难免有些破烂。秦淮河的水并不明净,秦淮河两岸的景致也随着岁月东逝而日渐古老。而这次来,黑白相间的仿古建筑已经鳞次栉比,秦淮河的水变清,各种门铺接踵有序,江南丝竹之声不绝于耳。我们走下魁光阁,牙齿间尚存着秦淮八绝小吃的余香,漫步在灯光秀丽的夫子庙。所有的建筑物都联结着斑斓的霓虹彩带,结构出一个绚丽多姿的世界,既有现代化的写实,又勾勒出六朝古都的氛围。灯光的倒影泻满秦淮河,河面有了色彩,有了生命,使得古老的秦淮河有了新的风姿,再也没有"六朝金粉气"。想历史,秦淮河留下多少风流的传说,也埋葬了多少青春韶华,淹没了多少胭脂女人的悲歌……

我们走进书场,小彩舞当年就在这里唱京韵大鼓而一举成名。可惜,现在录像代替了曲艺。我记得前两次来,还能在书场里面呷着茶水,听着苏州评弹和扬州快书。欣慰的是在天津,你还能在不少的书场欣赏到北方的鼓韵……

到夫子庙不能不看贡院,这是中国历史上著名的考试胜地。我们参观历史上的书生们是怎样度过不眠之夜进行考试的,梦寐着金榜题名时。在贡院,还保留着当初考场的原貌,说是考场,其实就只能栖身一个人,考试期间不能离开,吃住都在一米长宽的鸽子间里。就这样,来自大江南北的上万人为争夺一个状元而苦苦奋斗,幻想出人头地。有一个考生考到八旬,还顶着满头的白发在这里苦思冥想。有一次失火,有多少考生跑不出去,而消逝在火海里。我和朋友们纷纷挤进去,在狭小的空间,体味着当年范进中举的悲喜过程,而庆幸现代人的文明。

告别夫子庙时,街上灯火辉煌,人群攒动,正是热闹时,人们脸上都洋溢出幸福。

我眼前的秦淮河忽然变得年轻了。

初恋，我们还太单纯

虽然从部队复员回来整整 20 年了，但经历过的某些事情却总是历历在目。

记得在我快复员的前夕，我娘到北京去看我。没想到突然发病住进了北京军区总医院，一住就是 8 个月。我隔三岔五去看望，那时我笨手笨脚的，常常把袜子和短裤一块洗。伺候我娘的差事全由一个秀气的女老师负责，她的母亲因为心脏病，就挨着我娘住。我娘很喜欢这个女老师，总喊她闺女。女老师就照我的称呼，管我母亲喊娘，那声调特别的亲切。日子久了，我觉得不见女老师心里就空落落的，也许是初恋的缘故，我很少单独和她在一起，那种耳热心跳的感觉现在回忆起来，还好像在昨天。女老师对我倒很大方，当着她母亲和我娘的面总爱和我聊天，那双眼睛常常盯的我喘不过气来。我和女老师的交往就是借书和还书，然后谈读后感。两人谈到一起时，又总是激动不已。我娘和她母亲在一边总是笑，笑我们发痴。当我们朦朦胧胧的时候，我娘早看出女老师对我有情，我也对女老师有意，她老人家迟迟不表态。

有一次，女老师对我娘说，把你家老五留在北京吧，北京有发展。我娘对我这个老儿子视为宝贝，哪舍得放我，就警惕地说，不行，他不能离开我。女老师笑了，他那么大

我在上空飞翔

人了，还离不开您哪行啊。我娘不再说话，没一会，她突然问女老师，你和我们老五将来结婚，是他管你啊还是你管他啊？女老师干脆地说，我管他啊，我把他管得服服帖帖。我娘瞪着她，为什么你非要管他？女老师又笑着，遗传呗，我妈妈就管我爸爸。女老师的调侃注定了她的失败，我娘最怕有人管我，更怕我留在北京。她悄悄对我说，你是跟她还是跟我？我毫不犹豫地，跟您啊。我娘开心了，说，你不能跟她，男人就得顶天立地，哪能让女人管着。再说，北京千好万好，我们不呆。回天津去，那是你的根。

我娘病愈出院后，女老师找我。我说，我娘不同意我和你，谁让你跟她说一大堆废话。女老师哭了，说，我那是逗大娘玩儿的，没一句是实话。我凄惨地低下头说，我娘可句句认真。女老师抱住我亲着，亲得我六魂无主。那时，一个女人亲男人，是最高的表示了。我被一种原始的冲动撞击着，也紧紧拥抱住她。这是我亲近的第一位女人，让我透不过气来。女老师在我怀里抽泣着，你母亲是法西斯希特勒……我听完，破天荒地没有发火。她继续说，你母亲不懂女人，也不了解爱一个人的心情，她还不如杀了我。你呢，你爱不爱我？她抬起头，我能清楚地看到她滋润的眼睛，长长的眼睫毛。一个女人如此楚楚动人，让我情不自禁去亲吻她。那时我也不会接吻，就以为嘴唇挨到嘴唇就得了。没想到女老师突然用嘴接纳了我，我的舌头被她困住，便一阵痉挛。

我对我娘的感情发生动摇，忿忿地想，她为什么要活活拆散我们。在我娘住院的日子，女老师伺候她很周到。为我娘洗脚，甚至为她擦身上。有时，我娘大小便不方便，她还给接尿，接大便。我娘爱吃西红柿，那时已经入冬了，买不到西红柿。女老师跑到郊区，找到大棚，拎出一兜发青的西红柿。菜农说，别马上吃，要在温水里泡泡。女老师就回家，在盆里沏上温水，把西红柿泡上。她这人痴心，时不时用手去试温度，只要凉一点儿，就立马续上热水。3个多小时没有停闲过。然后，捧着软软的西红柿把皮剥净，递给我娘。我娘躺的时间长，背后要起褥疮。大夫说，得经常按摩点，不活动就麻烦了。又是女老师，用那白皙的小手，天天给她按摩后背，直到大夫说行了。就这样，女老师都没感动我娘。

我最终还是依了我娘，没有和女老师继续发展。女老师苦笑着说，你娘给了你什么，让你这么俯首听命。我说，我娘给了我一条生命。在我复员离开北京时，我给她家打了个电话，女老师的父亲是总参的一个首长。我对她说，我要复员了，后天就走。女老师说，你想见我？我说，是，我特别想见你一面。女老师沉了沉说，还有什么意思吗。我羞愧地说，你不想见就算了。女老师说，来吧。她家在北太平庄住，那是一个深冬的夜晚，我到她家时，她在楼外面正等我。我故意说，不让我进去。女老师说，原本是让你进去的，可上面有我父亲战友的儿子，我怕你们见面，谁心里都别扭。我愤慨地说，你那么快就有新欢了。女老师怒颜斥责，你没资格说这话！我没说话，好像被人扇了自己一嘴巴，脸上火辣辣地。女老师缓和了口气，说，我送送你吧。于是我们步行，从她家一直走到西单，足有十几里地。天气特别得冷，她穿着棉猴，只露着两只眼睛，就这眼睛，烫得我脸颊通红。不能再送了，天太晚了，马路上空荡荡的。女老师握着我的手说，分手了就不要再联系了，彼此留个感情空间吧。我嗓子眼发酸，什么话也没有。憋了一会，我说，你能不能再亲亲我。女老师踮起脚尖，在我脸颊上沾了沾。忽然，她泪如雨下，两条胳膊像箍筲似的缠紧我的后腰，她咬牙切齿地说，我永远赌咒你娘，赌咒你，你让我一生不能安静。当时我的感觉还很传统，对女老师的一些超前语言捕捉不到。我麻木望着她，她说，生和死是朋友，生的伟大，死的就光荣。你让我生，我感到女人的魅力，你又叫我死，也让我感到女人的悲哀。

我看着女老师上了最后一辆公共汽车，然后，汽车屁股冒着一缕缕的青烟消逝在夜色里。此后，我就再也没看到过她。后来，我偶然的机会，在护国寺的胡同口遇到她妹妹，她妹妹和一个男人要去人民剧院看戏。我和女老师好的时候，她妹妹还在上中学。是她先认出我，便率先走过来。她不喊我，而是歪着脑袋看我，把我看得不知所措。我也逐渐认出她妹妹，便上前询问她姐姐的情况。她妹妹说，你们男人没一个好东西的，你在精神上蹂躏我姐姐。我姐夫是个没什么文化的电工，没事就欺负我姐姐。说完，她狠狠唾了我一口，扬长而去。

人到了中年，我面临着商品社会的侵入，总有一种胆战心惊的感觉。这才体味到人生最重要的就是感情了，可我们常常忽视它遗忘它，在快要失去它或者与亲人、朋友分手时才想起它。说来，只有感情能使你回味人生，体验人生。如今回过头，体会那一段人生历程,悟出许多生命的真谛。有的分手是瞬间,可有的分手却是永远。有时在一起时,显示不出珍贵,而一旦分手,才品味儿出情感的缺憾。那次,女老师的妹妹捶完我,我难受得找了地方大哭了一场。我不是为我,而是为女老师,真应验了她说的那句话,一辈子不能安宁。事情过了 20 年,我依然没有忘记她。有次,我单独出差,是开车去的北京,便跑到北太平庄,四处寻找她的家。但灰色的旧楼已经没有了,全是清一色的高层住宅。我又跑到她所在的小学,校舍已经没了,变成一个超级大商场。我执意去打听,有人告诉我,学校早就撤销了。过去熟悉的一切都没了,都消失了。而代替的是现代化的设施。

女老师在哪呢?

代写情书

　　我创作了那么多小说，写了那么多的文章，而我总是难忘我在部队的时候，给那些文化不高的战友代写的一份份情书。那代写的情书我没有保留，但也算是我最早的文学创作。每当我想起来，就觉得那么新鲜和富有生命。我在部队呆了 8 年，其中在文艺宣传队 6 年，断断续续有两年是在连队里度过的。我呆的连队是建设北京地铁的施工部队，驻扎在北京的五棵松附近，住的是木板棚子，顶子上抹满了沥青，夏天一晒就透，那棚子里就跟蒸笼一般热。当时连队的生活挺单调，除了施工，晚上就是学习聊天，而且战士中没有多少有文化的，只有文书是个初中生。我问他当时法国总统蓬皮杜是谁，他犹豫了一下，说想起来了，别是另一个连队喂猪的吧。

　　我去后就成了连队至高无上的秀才，就我那几抹字，写完后让战士们楞拿去临帖。连队的战士们大都来自贵州和江西，从深山沟里来的尤其多。没多久，我发现他们最犯愁的是写信。我曾经目睹到同班一个姓刘的江西战士给未婚妻写信，憋囚了一晚上仅写了 5 个字，我想死你了。那字写得跟螃蟹爬的差不多，完后就再也没词儿了。看他抓耳挠腮的样子，我实在替他难受，就过去开导他，说，写些你在北京看了什么新电影啊,王府井商场里的衣服多漂亮啊,看得你都晕喽,不知给你买什么好啊。说的这位战士脸都红了眼也直了。他端详我半天,突然开始央求我,说你干脆就替我写吧。我傻了,说我的字和你不一样。他连说,你写完我再抄呗。全班人这时在旁边一捧我,我顿时来了情绪,代他写了第一份情书。写的时候,全班的战士们围着我看热闹,我记得在结尾处,我余兴未衰,还兴冲冲地写道,"不论我在北京什么地方施工,眼前哪哪都是你的影子,要是有你在我身边,我该多幸福啊。"就这封情书,就这堆的破水词儿,竟然被好几个江西籍的战士拿去抄,寄给未婚妻后也收到意想不到的效果。未婚妻们的来信也都晕乎乎的,美得几位江西籍的战士吃菜时,争先恐后给我碗里添肉,半夜站岗也都主动替我。

从这后,连里写情书的活儿大都来求我,我也从中得到一种荣耀和满足,宣泄出对异性情感的向往,因为,那时我还没有谈过恋爱。我慢慢积攒了一些经验,开始根据每个人的具体情况,有所区别。还不能写得太浪漫,怕露馅儿。有立功受奖的,我就铆足劲儿宣扬。有长相丑的,我就往细腻上拽词儿。后来连文书也羞答答拿着两张照片找我,说无论如何帮帮忙,因为有两个姑娘都追求他,他说这两个都是同班同学,长得又都漂亮。我说,那没办法,你只能挑一个。他比较了半天,终于挑出一个大眼睛的。他叮嘱我同意的当然要写出感情,不同意的也要写出感情。我犯愁了,在不同意的这封信上,写了"虽然没有缘分,但你依然在我心中"的俗话,竟使得文书热泪涟涟。

我最对不起的是一位贵州兵,他叫黄金旺,个子不高,皮肤黝黑,眼睛很大很凹,是从安顺里来的。他不太识字,写的字也像是螃蟹爬的一样,可搞对象竟搞了一个中学教师,还很爱抒情。于是,我代他写情书,时不时写首情诗,什么"我曾经有数不清的梦,每个梦里都有你……"写得对方也如火如荼,我进入到一种莫明其妙的亢奋状态,好像对方是我的恋人。黄金旺临复员时,表情复杂地告诉我,中学教师同意结婚了。可我回去以后,要知道是你代写的信,我该怎么办呢。那时我还不知道闯了祸,还劝慰他,进了洞房,有了孩子,就没事了。多少年后,我始终打听黄金旺的下落,但没人知道。前两年,我去贵州出差,问起一个在贵州安顺当专员的战友,就是当初连队那位文书,说黄金旺怎么样了?你一定帮助我打听一下他的现在。结果我回天津没多久,当专员的那位战友告诉我,在贵阳找到黄金旺了,说得知黄金旺复员回去成亲不久,中学老师就和他离了婚,到现在他还打着光棍儿。我难过了许久,某种意义上说,是我害了他。今年的夏天,我突然接到黄金旺的电话,说他在贵阳遇到点困难,能不能通过我找那位专员战友帮助解决。我满口答应,就打电话给专员战友说起黄金旺的请求,专员战友犹豫了片刻还是答应下来。他说,找我办事的战友太多了,我真是不能多管,管多了就是麻烦。后来,黄金旺给我打电话,很欣喜地告诉我,专员战友给他帮忙了。我问他,你老婆怎么样了?他叹口气说,找到了又离婚了,我的命不好。我说,怨我当初给你代写情书。黄金旺连忙说,不是的,跟你没关系,是我没本事。他说,我后来有文化了,你知道吗,在我最困难的时候,我给别人写过情书,赚过钱呢。我听完笑了,说,代写情书也赚钱?他得意地说,写一封要赚个十多块,写再长一点儿的能赚个三四十块呢。我说,你怎么写?他说,都是你给写得那些词儿,我都能背下来了。说着,黄金旺给我背着,说,我曾经有数不清的梦,每个梦里都有你……还有我喜欢你,有时候看见一个跟你长得差不多的女孩子我就跟着人家,不怕人家说我是臭流氓。不论我在什么地方玩儿,只要是看见好看的景色,我眼前就都是你的影子,要是有你在我身边,我该多幸福啊。

我听着黄金旺的话,举话筒的手在发抖,眼里含着热泪。

骑自行车的心境

　　记得我第一次骑自行车的时候是在工厂学徒，那时我才敢跟父亲提买一辆新自行车。父亲倒是买了一辆，但留给了自己，把他那辆旧的给了我。我骑自行车上班的时候，在马路上突然意识到自己成了大人。因为周围骑自行车的人都是大人。那时候，每天上班下班都是跟同事们一起走，边骑边聊，觉得很有意思。从部队复员回来，我到了一家文化单位。记得在单位的后院摆满了自行车，带大梁的是男人车，不带大梁的是女人车。单位那时只有一辆吉普车，是专供大家下乡辅导用的。可大都是领导坐，我跟领导后头坐了几次，真颠得屁股疼。去蓟县的路上，司机不小心撞了人。于是那辆吉普车就没人再坐了。几年后，我终于骑上新的自行车，是那种带挡的，遇到刮风的时候蹬起来比较省力。这种自行车在那时属于高档的，买完了以后在马路上骑很招旁人羡慕。搁在单位的后院，同事们也都高看我一眼。那时候也很少有人偷自行车，到商店买东西，放在门口也不用担心车被偷走。也就几年的工夫，我当了单位的领导，接老领导班的时候就把一辆老桑塔纳接到手。为买这辆桑塔纳，单位的老职工就反映是享乐思想，不能和群众的自行车打成一片，弄得老领导主动让下边的人坐，意思是桑塔纳不单是领导用的，群众也可以用。我为了表示不享受在前，决定不丢弃自行车，接班以后继续骑自行车上下班。除了有工作下乡坐坐，这样似乎显得不脱离群众。可没想到又过了几年，群众开始有了私家车，很快有私家车的越来越多，而且档次都比桑塔纳高级华丽。

我似乎还热衷骑自行车，觉得锻炼锻炼也挺好的。可发现自行车在马路上的地位每况愈下，经常被小轿车和大公共挤得上了便道。更让我尴尬的是，遇到开车的熟人见到我会摇下车窗，诧异地问，你怎么还骑自行车呀？有时候学生开车过来，十分不理解地对我说，老师，你是老师骑自行车，我是学生我开车，这让我在车里也不舒服呀。还有甚者，觉得我是不是混得不好，但凡有点儿本事都开车了。我一个当记者的朋友感触地说，以前骑自行车上班遇到的都是朋友，现在这些朋友都有车，路上没有人跟你搭讪了，显得很没面子。我四哥本来有车，可他有次骑自行车去开重要会议，进到院子里，人家门卫警告说，你这车没有车位，随便放到外边去。前不久，我骑车上班，邂逅一位老朋友。我记得这个老朋友是什么领导，他也骑车，看见我很不自然地解释，他的车坏了，没办法，只能骑两天自行车也体验体验过去的感觉。他这么说了，我就无话可说，也忙解释，我那车没坏，最近检查身体血黏度高，大夫劝我多活动。分手以后，我想我怎么也这样没骨气，骑自行车怎么了，也不说明比谁矮几分。

说来，有时候上下班骑自行车，看到马路上的小轿车拥挤不堪，蠕动的速度还远不及我的车轮子，也产生快感。在夏天，看到道边有卖冰糕的，随便下车买根冰糕边吃边骑也很惬意。骑自行车不用担心汽油涨价，你骑长了，摸摸小腿肚子的肌肉硬邦邦的，觉得上楼也不喘了，省得到健身房花钱买健康。更重要的是你要坚持天天骑自行车上班下班，不容易犯腐败的错误，而且还能有利于环保，没有尾气。更能让你小子知道，你就是一个普通老百姓，你跟别人没什么不一样的。

我在上空飞翔

我曾经有幸看过从空中鸟瞰天津的地图，一座真实的城市在地图上是红红绿绿的。

专家在我身边拉过来一把椅子，郑重其事地为我操作着，屏幕上出现一张巨大的城市的图表。他一本正经地说，这两年来我们开始进行航片，利用计算机，把新理论和新技术充分演绎，制作成最准确的地形图。这是用空中摄影在计算机上拼接，然后缩编，来制作 1:3500 地形图。空中的一张航片只能摄影出 25 平方公里，可是咱们城市整个面积是 4334.72 平方公里，这就需要多少张航片在计算机上拼接，难度相当大。你知道我手下有多少技术人员吗？码一码也就二十几个。他们操作时间的概念是每分每秒，因为计算机的时间是每分每秒。电脑一打开，每一张航片在拼接，咱们城市的地貌一公里一公里地在我们手下延伸。在计算机的屏幕上看见了海河在城市中心穿过，看见一条条马路，一座座立交桥，一幢幢高层建筑，一团团的湖泊，一块块的麦田……专家不像是在讲解，似乎像是在朗诵。我没在意他的技术语气，只是戳着屏幕上各种颜色好奇地问，你这花花绿绿都代表着什么？专家耐心地讲解着，像个教授在上课，语言也丰富起来。那红颜色的是绿地,蓝色的水域,灰黄色的建筑物。我们在空中航拍时,大气层很厚,很难清晰地拍摄出地形。我们就采取彩虹外摄影技术,利用大地上的热量来判断地面的情况。在天津这张特殊的地图上,我看见很多红颜色,这就说明咱们城市的绿地越来越大,绿地给每个人带来空气的新鲜。我还看见黑色水域,那就是海河繁衍出来的湖泊,那一片片黑色显得有些透明,给人带来一种勃勃生机。我指着靠近城市边角上的一片黑色说,那是水库吗?面积这么大?专家告诉我,那就是东丽湖,这片水是咱们城市的生命水。我调侃地问,能找到我家吗?专家愣了一下,灿烂地笑了,便在计算机里马上给调出那一带楼房,他说,这就是你的家。我说,太小,能不能再清楚些。我的话音未落,在计算机的屏幕上那片楼房越来越大,几乎占满画面。我孩子般地问,能计算出有多大面积吗?他又按动几下说,告诉我,你家那片楼房的准确面积。我开心地笑了,然后幽默地说,能看见我吗?专家也笑了,说,这里什么都能看见,唯独看不见人。你听我说那么多,该明白,人在空中看是很渺小的,没有颜色。我依然执著地问,你在空中看那么多人就没有一点颜色代表出来?专家犯难了,人没有颜色,因为人和大自然比较,是没有那么大的面积的。

我想说,在空中看人应该有颜色,我想应该是绿色,因为绿色有生命力。

晚上在梦里,我感觉自己在这座可爱的城市上空飞翔,云彩在周围飘浮着,身后有很多的人在飞。我朝下面看去,一群群的人向我们招手。我看到人的颜色都是绿的,和树木一个颜色,碧绿碧绿的,十分茂盛。

天津卫的大娘太哏儿了

　　天津的大娘很有性格,逮谁能说谁,不管你有文化还是没文化,说出话来论古道今,博征广引,新名词挺多,讲景德镇瓷器都一套一套的。有时候,晚了在胡同里走,碰到戴红箍执勤的大娘,几句话就能把有案子的人问住,想跑都跑不了。记得我母亲担任居委会主任时,她受公安局的委托,监视对面楼里的一个嫌疑人。老人家能站在我家窗户前,盯着对过窗户,两三个小时不动地儿。我那时工作没几年,还是个雏儿,觉得母亲的行为太哏了,就凑过去问,您眼睛花,能看见对面吗? 母亲生气地推开我,小声说,你嘛也别问,嘛也别管。说完,继续执著地盯着,直到天黑下来看不清楚为止。天津大娘教子都很严,总期望孩子能成气候,大有岳母刺字的感觉。而且,从不护犊子,孩子有错不听话,就脱鞋动手打,毫不含糊。我一个小学同学是独生子,当时独生子很少。他因为欺负女同学,被母亲用鞋底子抽肿了脸。他气愤地对母亲说,你抽我哪不好,为嘛单抽我脸呢? 他母亲戳着他鼻子说,因为你小子脸皮厚,我就抽你那地界儿!但天津大娘都溺爱隔辈人,舍不得吃舍不得喝的惯和宠,尤其偏爱孙子。有个老大娘因为太偏爱孙子,导致儿子和儿媳妇两个人发生冲突。无奈,孙子被接走。而大娘感到没着没落,看不到孙子那份痛苦使她不能正常生活。你看看爱竟然会有苦的结果,爱孙子爱出毛病。最后,还是儿子心疼老娘,主动把孩子送回来。奶奶和孙子相见的镜头谁看了都会抹泪儿。天津素有老人对隔辈白眼儿红眼儿一说。我在外地说起这个词儿,很多朋友都不懂,说嘛红嘛白的。

　　天津大娘对人都热情,但嘴是厉害,叨叨个没完,有时候让你烦。那回我去书店买书,突然变天,很冷,风刮在脸上像刀子割。我存自行车时,看车的大娘衣服穿的不多,冻得揣着手跺着脚。她不高兴地对我说,再过一刻钟我就下班。你的车是新车,你到时候不回来我可不管,丢了算你自己。我跑到附近的书店,背后大娘还高声叮嘱着,我说话算话,丢了别找我麻烦。进到温暖的书店,我忘了时间。等我意识到有麻烦了,一看表过去快一个小时。我惶惶跑到存车处,见我那辆新车孤零零停在那,大娘在风中躲避着寒冷,鼻头冻得跟胡萝卜似的。我急忙跑过去道歉,大娘见到我没鼻子没脸训斥一番,然后在风中离去。我望着大娘背影,推着新车,心里嘛滋味都有,喉咙一劲儿发酸。天津大娘爱打扮,你有时看到街上花园里大娘跳秧歌,与其说是在活动,还不如说借机会打扮自己。去年天津搞秧歌大赛,我看见一群群大娘,浓妆艳抹,穿得花枝招展,她们兴高采烈,像过节一样。不少大娘戴着小镜子,像大姑娘一样照着,互相指点着,妆怎么样好看怎么样不好看。大娘穿的服装没有素的,都是大红大紫,格外招眼。我站在主席台上朝下面望去,大娘们的服装成了花的世界,显得勃勃生机。无独有偶,我曾参与一个老大娘组织的钢琴比赛,台上大娘们弹琴,台下儿子孙子们给奶奶姥姥们照相,一片热闹景象。更哏的是,有个老大娘弹琴过程中竟然做出一个与照相配合的动作,引得台下喝彩声。我饶有兴趣地问大娘,感觉怎么样?大娘回答两个字,风光。我半晌没有反应过来,风光两个字对于老大娘一生讲是多么重要啊。

　　说起天津大娘的穿戴,天津人结婚时,大娘们头上都爱插着红绒花。我曾经看过一位八旬的大娘,在孙女的婚礼上,头上插满了红花。我过去询问,您怎么插这么多花?大娘抿嘴笑着说,插一个没人看我,插多了都看我。我饶有兴致地问,看您干嘛?大娘不好意思地说,看我就哏儿呗。

我在上空飞翔

讲个笑话给你听

新年,我应邀看了一场天津武警文工团的节目。看着看着,勾起了我对往事的许多回忆。

在样板戏十分热闹的年代,我在部队宣传队弹月琴。有几件乐事让我至今想起来就忍俊不禁。宣传队赶排了《智取威虎山》其中的一折"急速出兵",晚上给首长审查。队长动员,指导员又讲重要性,弄得大家紧张兮兮的,唯恐出错。一切准备就绪,晚上礼堂里座无虚席,气氛显得很严肃。大幕拉开以前,按演出要求,有一名披着白斗篷的战士站在幕前,报出"急速出兵"后用手一指,做出一个漂亮的动作,敬礼返回台内,这时音乐响起,大幕再徐徐拉开。报幕的是我们宣传队最漂亮的战士小丁,他按照演出要求,完美无缺的进行完,台下响起热烈的掌声。小丁返回台后,我们音乐奏响,大幕却迟迟拉不开。无奈,小丁再次站在幕前,连忙背诵语录:"因为我们是为人民服务的,所以我们有缺点就不怕别人批评指出……"说完,又报出"急速出兵",用手往远处一指,敬礼返回。我们起劲奏响音乐,大幕依然拉不开。大家都慌了,小丁被队长用力推出台前,重复背语录:"因为我们是为人民服务的,所以我们有缺点就不怕别人批评指出……"没说完，场内就乱了，笑声四起。我们奏响音乐，大幕照旧稳如泰山。队长急了，跑到台中，喊着："把灯都打开！"台上的灯亮了，大家才看清，笑得捂起肚子。大幕两侧各自有一名五大三粗的战士拉着同一根绳子，较着劲儿，满头大汗，喘着粗气……

我有个毛病，说话有些口吃，平常不显，一紧张就暴露出来。由于宣传队演员少，演出《沙家浜》四场"智斗"时，领导让我扮演一位老大爷，被一位少女搀着上场，然后对周围乡亲们说："帮助阿庆嫂收拾收拾……"演出了几场，大家反映我表演还不错。不久，我们宣传队去上级机关演出，队长指导员一动员，还特意在会上说："李治邦，你口吃的毛病千万别犯，一定要沉住气，慢慢地说。"这口吃就怕别人提醒，他们一说，我就嘀咕。晚上没上场就想上厕所，一上场我浑身就哆嗦，头一个"帮"字是口吃最不好说的，我张口就"帮帮帮帮……"说了好几个，不知道怎么下来的，到台下我就蹲那儿哭起来。队长气呼呼跑来："你帮帮帮在那打机关枪呢，一出戏全让你小子突突了。"打那起，就不让我再上台，我也落下"机关枪"的绰号。

我们演出《沙家浜》近 200 场，战士们都看腻了，以至于到后来锁上礼堂的大门。宣传队开始排练《红灯记》，排到后面的大刀舞，队长指导员又想起我。宣传队的舞蹈演员不多，能翻跟头的更少，除了特招了几名跟头匠以外，就没有别人。选中我是因为还能翻几个，来劲了还能翻蛮子，所说的蛮子就是不用手，人腾空翻过去。我翻蛮子，胆小的人不敢看，纯粹是玩命儿，头皮紧挨着地，稍一失手就有危险。每场演出，我都是弹完月琴后紧赶大刀舞。为了方便，我都是提前化好妆，穿上服装，所以我坐在乐池里很是显眼。每回我翻蛮子，大家都替我紧张，不忍心正眼瞧我。终于，有回演出或许是疲劳的缘故，一翻没过去，脑袋碰到地上，把半拉脸蹭秃了皮。半夜我上厕所，涂了半脸的红药水差点儿把值班的战士吓瘫喽。尽管我以后还争取上场，队长指导员摆摆手，说："算了吧，我们受不起这惊吓。"

这些笑话一晃过去 20 多年，我几次想把它写出来，战友们说你写出来不怕人家再笑话你，说李治邦怎么也这样。想想，这有什么，那个时代就出这样的笑话嘛。

排队

很久没排队,记得排队还是 20 多年前,由于物资短缺,去商店买东西需要排队。于是有了王鸣录创作、高英培和范振喻合说的相声《不正之风》,讽刺的就是夹个买果子的万能胶。要说参观展览排队,可能是十分稀罕的事情。前年博物馆免费参观,排过一阵子队,但也就是上百人。很快,排队的现象就少了,因为博物馆随时可以进了。我去世博看到的排队是最壮观的,不少热门馆都是几千人。你在后面排队,会看到指示牌,告诉你从这里排队需要几个小时。我为了看德国馆,整整排了两个小时。后来有朋友告诉我,你算是快的,慢一点的得三个多小时。我站在荷兰馆的顶端,能看到英国馆和意大利馆排队的情况。黄昏西坠,恍惚中一团团都是顶着橘黄色阳光的人影,密密麻麻足有三四千人。我觉得这次在世博会排队有个体会,就是没人夹个,都是按照顺序往前走。我也看到有个别人想趁着混乱夹个,但很快就会看到数百个投来的眼珠。排队的人群里有中国人也有一眼就看出来的外国人,都友好相处。我在世博会连续排了两天队,一天下小雨。大家都举着形形色色的雨伞,形成了一张浩浩荡荡的顶棚,把没有带雨伞的人也裹进来,享受着那一份温暖和呵护。转天是火辣辣的太阳,大家就这么顶着烈日说笑着，等待着，期待着守门员扯开那一道封锁的护栏。如果遇到有老人或残疾人排队，马上有很多张嘴告诉你，走绿色通道能直接进馆。我看到一个孕妇被母亲搀扶着，微笑着走进排队人群。有志愿者跑过来，牵着孕妇的手走到绿色通道，大家一起由衷的鼓掌，那掌声不知道是送给志愿者还是送给这么执著参观世博的孕妇。

我参观法国馆，竟然看到有父母推着婴儿车走进队伍后面。我问，儿子多大了？父亲笑着说，4个月。我纳闷了，再问，4个月孩子进去能懂得什么？母亲回答，等他长大了我会告诉他，你4个月就去了上海世博会，可能是最小的观众了。我在排德国馆时，终于快排到了前面，这时候从后面挤过来个女孩子，手里拿着好几瓶矿泉水，边走边解释，说，是给排前面朋友的，不是我不排队。一般这个情况是没人让路的，试想排了快两个小时，你就凭借着这么几句解释就挤过来，谁信呀。可是没人阻拦，大家都让开，这个小女孩顺畅地从后面走到了前面。

我细心观察，排队的人不少举着冰棍或者矿泉水。但走过的地方却很干净，大家都自觉地扔进垃圾桶。我也因为口渴买了一根冰棍，吃完了就这么举着走了很远才扔进垃圾桶。很好的文明行为，是这次世博会的氛围，还是已经形成了习惯。在上海买了一张报纸，看到这则消息，说，外国人觉得上海滩建起鳞次栉比的高楼并不难，难的是中国人的软实力，也就是文明程度。可这次我亲身体验的世博会排队，让我看到了中国的软实力的迅速提升。外国人能做到的，我们也能。关键是大家心态的平和，3个小时排队下来，都这么心甘情愿的，都这么惬意十足的，就是让世人看看中国人不那么焦躁了，谈笑风生的排队去领略天下，去对比世界，去见见没有见过的新鲜事情，让五千年文明的中华民族融进了全球大家庭。

能让我吼一嗓子吗

前不久,几个好吃的朋友凑一起商量,到一个新开的自助餐厅过过嘴瘾。我不太爱吃自助餐,觉得没有吃的规矩,吃饭时太随意。但碍不住吃友的调唆,中午急火火跑到那家自助餐厅。有吃友提前排队领了预约号,吃友说没有预约号是不让进去的。电梯到了门口,看见早已人声鼎沸,已经排了很长的队。我听见有人喊着,后边的别排了,座位没有了。吃友跑过来说,他排了近一个小时,终于拿到了预约号。于是我们几个人趾高气扬地穿越人群,前边的吃友高举着预约号,似乎是在打着一面胜利旗帜。过了第一道把手关,我看见周围投来都是羡慕的眼光,觉得能吃上这顿自助餐也是光荣的事情。突然出现了问题,第二道关的领班不耐烦地通知我们,你们的预约号作废了,有人已经坐了你们的位置。我挤过去质问,为什么?领班提高了声音,说,你们领完预约号没有按照时间到,当然不能给你们再留。吃友忙解释,不就晚到了10分钟吗。领班微笑地说,知道10分钟在我们这儿会耽误多少人吃饭吗。我们几个人面面相觑,后边马上有人喊,进不去的就出来,别挡我们。我很憋闷,什么叫晚来了就让别人占了座位。你看电影晚了不也得对号入座吗,你上了火车晚了不是该坐哪就坐哪吗,预约是什么,那就是提前的诚信嘛。我正恼火着,就被别人请了出来,于是我突然大吼了一嗓子。所有人都被我这一嗓子怔住了,好奇地看着我,好像我是个精神病人。吃友们赶紧掩护着我离开,下电梯时,不少吃友指责我,你是个有身份有影响的人,怎么能乱吼那一嗓子,显得多不文明。我也觉得失态,脸好像蒙上红布。确实不该吼那一嗓子,会让那几个服务人员吓一跳的,认为我是粗鲁莽撞的人,不懂得规矩,甚至会私下嘲笑我是刘姥姥进大观园。

　　回来以后,我给每个吃友发了短信,说给你们难堪了,抱歉云云。那天晚上我居然失眠了,我在反思怎么没控制不住自己突然吼了一嗓子。在哪出了问题,我平常的控制能力比较强啊。那天约人去办事,定好了时间和地点。我准时到了,等了好久人也没来。我就在等人的地方徘徊,买了一份报纸,看完了全部的版面,依旧没见人影。怎么打电话,话筒里都是不在服务区的声音。于是我就把报纸垫在屁股底下,坐在马路边上等着。终于一辆出租车悄然而至,我约的那人在窗户里冲我摇摇手,我不耐烦地上去。那人小声说,你这么有身份的人怎么坐在马路边上,像民工等活一样多不雅观。我又自责,优雅的举止是日久天长培养出来的,我还是没有憋住。可我情不自禁问那人,你为什么晚了?那人淡淡地解释,没关系,碰上点事耽误了。我不理解,谁没关系,是对你还是对我。我真想吼一嗓子,你应该对我说抱歉,你耽误了我的时间,你怎么会无动于衷呢。我跟一个亲近的人说起这事,他对我说,你可能到更年期了,脾气太暴躁。

　　我知道那天不该吼一嗓子,可我吼完了以后悄悄地觉得很惬意。我可能无意发泄了什么,或者抑制住对方什么。起码对那些大家都看不惯的事情有个态度,不是熟视无睹,或者是怂恿。大家看见小偷偷东西了,不去吼一嗓子,小偷就会嚣张。有盗贼进了你家,你不去吼一嗓子,盗贼就会肆无忌惮。都在守规矩,有人故意违反,吼一嗓子,他就会被震慑住。在关键时刻吼一嗓子,表明了你的一个声音和原则。但千万别乱吼,吼多了怪吵的。

把幸福留给母亲

连续几天做梦,梦到去世多年的母亲坐在身边,慈祥地注视着我。醒来我就觉得脸颊上湿漉漉的,一抹是泪水。算算日子,正是母亲的忌日。

说来,母亲对我的感情比对 4 个哥哥更深厚。因为母亲生我时,费了好大的劲儿,那年她毕竟快 40 岁了。我生下后,就得了软骨病,胳膊腿总跟面条似的。母亲就天天让我吃鱼肝油,吃得我一见透明的药丸儿就哭,母亲看我难受的样子,也陪着哭。那时家里有五个吃闲粮的男孩子,仅靠父亲一个人的工资生活。又赶上三年自然灾害,所以,家里的生活很是窘迫。母亲为我们终日忙碌而不得休息,有些油腥的东西全给了我们哥五个吃,而自己则吃不饱,得了浮肿病。大腿一按一个坑,半天起不来。在过春节吃肉时,因为父亲吃了我碗里一口肉,我哭得死去活来,又是母亲把唯一的一块肉悄悄夹给了我。

我曾在报纸上看到一张新闻照片,说是一位母亲把自己的肾给了儿子,但她脸上绽出的笑容是那么欣慰。我曾经去外地偏僻山区采访,听说一件事,说是一位母亲,家里能穿出去的裤子不多,她把自己穿的裤子脱下来,给女儿穿上,让她去山外的城里照相,而自己裹着被子躺在炕上。

母亲不计较自己的幸福,她的幸福就是看到孩子幸福。我的姑姑眼睛不好,她唯一的儿子当兵走了。因为思念儿子,她常常哭泣,眼睛越发看不见。有一回我去探望她,姑姑让我给表弟写信,满纸是嘱托儿子的话,只字不提自己。后来,我又去了一趟,姑姑流着眼泪说,儿子在部队提干了,入党了,幸福得姑姑满脸灿烂。我下班常常经过一些小学校,在门口等待着的都是一个个母亲。有天突然刮起风下起雨,我目睹到不少母亲把衣服脱下来,给孩子遮风挡雨,场面很是感人。

母亲把幸福给了孩子,有些孩子却把痛苦给了母亲。这些孩子不能理解母亲给的幸福,把幸福当成廉价的商品肆意去挥霍。我知道曾有个大学生,他家境拮据,母亲在外面给人家洗衣服,搓的两只手都红肿了。母亲靠洗衣服挣来的钱供养他,而他却厌烦在食堂吃饭,常跑到外面下饭馆。他还学会抽烟,一买就是高档的。我爱人回家,讲起厂里好友的一件事。她孩子因为上重点高中,花了家里一大笔钱,而这钱是夫妻两人辛苦挣来的。看孩子学习不用功,做母亲的说,"儿子,不是妈妈埋怨你,你得好好学啊,这钱爸爸妈妈给你掏得不容易。"殊不知,儿子不满意地回答,"妈妈,我不埋怨你就不错了。爸爸为什么不是当官的,妈妈为什么不是当经理的。"有一位母亲守寡多年,好不容易找到一个称心的老伴儿。当她跟孩子提出再婚的要求时,孩子们接受不了这个现实,反对母亲的幸福。母亲含着泪说,"你们都一家一家的,我自己一个成立个家,有什么不对的呢!"

母亲给予我们幸福,我们也要把幸福留给母亲。

让母亲得到幸福,应该是儿女和社会的责任。

黄昏的灿烂

自从滨海新区成为全国瞩目的地方,我经常陪外地朋友去那里游览。不久前,我带几个广东文友慕名去开发区,他们被开发区神速的建设所吸引。我本想带他们早点返回市区,可他们却兴致盎然地从一个街口转到另一个公园,不知不觉太阳偏西了。外地的朋友们在漂亮的泰达图书馆门口留影,然后跑到附近的一片片绿地惬意地喊着。我听不懂他们喊什么,后来我问是什么,他们回答,乱喊着,就是高兴。朋友对我说,人见了美丽景色就发情,就跟见了美丽女人一样。有一个曾经多次去过欧洲的朋友说,这地方跟德国的法兰克福很相像。另一个则大为不满,说,我最不爱听就是像哪,这个地方就是美,哪也不像。如果说像,那就是你说的法兰克福像这儿。大家一起笑,笑声在旷远的幽静树林里歇息。接着,我带他们去欣赏泰达会馆前那一排排的艺术雕塑,然后信步走出泰达会馆。在马路的交叉口,形成一片宽阔的广场。中间竖立着一个铜铸的雕塑,象征着开发区蓬勃向上。我记得多年前的一个黄昏,开发区举办艺术节,我在这里欣赏了职工自编自演的节目,有成千上万人在这欢聚歌唱,里面有不少的外国人,歌声笑声锣鼓声此起彼伏。让我记忆犹新的是每逢黄昏降临,成批的大轿子车拉着下班族开始集体返城,场面很是壮观。但也从另一方面说明,开发区的人流随着返城也把文化返走了。从 1993 年开始有长住居民,随着入区企业的不断增多,职工群众开始成倍地增长,现在区内的居民与打工族已有几十万人。

黄昏渐渐降临,咚咚咚,不知道从哪里飞起了礼花,一簇簇礼花伴随着人群的欢呼飞向天空,把开发区装点的万紫千红。我和外地的朋友们弃车漫步在街头,不论到哪个地方他们都抢着照相,尽管我告诉他们这里不是最好的地方。他们说,你认为不是最好的地方,我们却觉得这地方有意思。朋友很有兴趣地对我说,你们开发区为什么经常能见到四五十岁的人?在深圳,你看到的都是年轻人,几乎看不到花白头发的。我说,我曾接触过天津市区的一些下岗人员,和他们聊天,他们就把寻求再就业的希望寄托在开发区。这些人中有的男性已到 50 岁,女性也在 40 岁上下。这些被称为"四零五零"的人员,是再就业的难点,也是最需要关怀和帮助的群体。聊天中,他们都表示出在开发区找到工作的极大信心。他们说,我们不挑不拣,相信先发展起来的开发区也不会嫌弃我们。

美丽的黄昏逐渐深沉下来,我提出在开发区吃饭,这里的铁板烧很有特点。他们遗憾地告诉我,是晚上的飞机要赶回北京。当车告别开发区时,外地朋友提出开车在开发区工业园再浏览一番。夕阳彤红彤红,把附近的云彩染得斑斓夺目,渲染出一幅幅绚丽的油画。车在宽阔的马路上慢慢行驶,车窗外闪过一个个诱人的景色,那雄伟的立交桥,那明亮而现代化的厂房,那霓虹闪烁的大商店,那坠满成熟叶子的树木,让人心旷神怡。

我告诉朋友们,当初开发者们是乘小舟划进这里的?朋友们不解,惊诧地问,怎么会呢?我指指那座座厂房,笑着说,这里原是一片滩涂,是产盐的地方。开发者们就是凭着奋发图强的意志,没有伸手向国家要一分钱,在这里绘出了最美最新的画卷,创造出人类的奇迹。目前,天津开发区已经成为滨海新区重要经济增长点……我的话还没说完,朋友们让司机把车停住,他们纷纷跳下车,在一片小树林里散步。他们不由自主地抚摸着树干,问,盐碱地怎么会培育出这树木来呢?怎么会有这地毯般的草地呢?我说,为了让开发区有绿色,开发者们绞尽了脑汁,废寝忘食,运来了沃土,培育出一种耐碱耐旱的新苗。在地下埋上纵横交错的管道,让盐碱滩改变原来土质。当第一片树木顽强地绽出嫩嫩的绿芽时,开发者们激动的心情不亚于哥伦布发现了新大陆。百年的滩涂有了生命,有了发展。朋友们感叹地说,在这里见到的草是最有价值最难忘的,因为它生长在寸草不活的盐碱滩上。

　　车即将驶向通往市区的高速公路,沿路,邓小平在天津开发区视察时的巨幅彩照在黄昏中格外瞩目。他老人家微笑着,向所有人招手示意,也像是送别我们。灿烂的夕阳映照在老人家神采奕奕的脸上,一片金晖闪耀。

水的感情

两年前，我曾经看了日本作家江本胜所著的《水知道答案》，当时就惊叹不已，不知道水对我们这么有感情。前不久去新加坡，黄昏时候去了公园绿地，发现一片青潭。捧起一手心的清澈之水，看到水里映照着我的脸庞，突然发现水的表情是那么动人。回来后，不由想起江本胜那本《水知道答案》，再次阅读，感受顿时深刻了许多。

江本胜是个医学博士，他在冷室里用高速摄影的方式拍摄和观察水的结晶，意外地发现水不是一成不变，水有感情，水有记忆，水有感受，水有传达信息的能力。水不仅是物质的，它还是大自然生命力的一种展现，并具有净化的功能，以及抚育万物的神秘力量。我在书中看到一百多张有关水的各种感情表现。比如对着水写出感谢两字，尽管语种不同，但无论看到哪个国家的语言所表示的感谢两字，水都会呈现出形状整齐的美丽结晶。我看到的是水对中文表现出来的是五角星，对英文表现出来的像是香山的枫叶，对法文水表现出来的如是菱角。可当我们面对水的语言是粗鲁或者挑衅，水都无法形成结晶。我看到"混蛋"的字眼，水的表现是一片浑浊。而当水看到"我真想宰了你"这句话，水竟然呈现出来一个孩子被欺负的可怜样子，让人心颤。当给水写"你是天使"一词时,水结晶出来很多美丽的小连环,如是一场初雪下来那般的晶莹剔透。而对水写"恶魔"一词时,水结晶的中心部分成黑色的凹凸状,给人感觉是充满了攻击。有记载说植物能听音乐,没想到水也能听音乐。面对玻璃瓶中的水,作者播放了贝多芬的《田园交响曲》,水的形状显得十分浪漫和惬意,结晶舒展而工整,似乎有安抚人疲惫身心的功效。有意思的是水在听肖邦的《雨滴》,那形状顿时分散开来,像是一滴滴雨水,洋洋洒洒在天上摇曳着滚下来。如果对水演奏重金属的乐曲,水的表现一团糟,显得很焦灼和无奈。最不可思议的是水听那首优美的《红蜻蜓》,立刻表现出来六角花瓣的形状,看起来如亭亭玉立的蜻蜓在展翅飞翔。

我们经常看到美丽的女人面对水在打扮自己,其实是和水的交流,面对如镜的水,人的心是安静的。水是人心灵的镜子,水有各种各样的表情,并真实地展现出人类的意识。当你凝视水的时候,水也在凝视着你。在我们日常生活中,我们只懂得做饭是用水,渴了需要喝水,早晨用水洗脸,晚上置身于水里享受着水的滋润。其实,水在方方面面关心照顾着我们。当你破坏水的时候,水也知道疼,也难受,也懂得愤怒。我看到一组江本胜采集的照片,水被城市污染后,经实验根本形不成结晶,就连样子都很丑陋和恐惧。他做过多次的实验,把水装在瓶子里,然后给水看一幅幅世界各地的优美风光照片,水竟然也跟着不断变化。对着白雪皑皑的北极冰山,水也表现为被白雪覆盖的样子;面对着飞流直下的瀑布,水的结晶也仿佛瀑布那样连在一起倾泻,十分壮观。看到这里我想起小时候,母亲曾经对我叮嘱过这么一句话,你如果在水里遇到风浪的时候,不要跟水对抗玩命,你就顺着它,你就肯定不会有危险。我想,既然水懂得我们,我们也要学会发自内心地赞美水,真的,当你站在一泓碧蓝碧蓝的湖泊前,你面对着水真诚地喊一嗓子,你真是漂亮。你的声音在水面上回荡着,水也会高兴的。我看到那副水对赞美它漂亮所反映出来的表情,结晶成一块美丽的形状,表示自己就是漂亮。如果你对水发恨地说,你真的不行。水无法形成美丽的结晶,顷刻模糊成一团。

想来,每一滴水都有一颗心,深深爱着你,每一滴水都有一颗心,渴望你的爱。

找风吹的地方

尽管，前一阵子的台风给我们带来灾难，甚至连世界杯女足的比赛都得延迟，但对于风不能总是抱怨。从另一方面讲，风在很多的时候也是给我们带来幸福。

两月前，我从乌鲁木齐到达坂城，坐的是吉普车。因为车窗显得很硕大，所以视野就特别的开阔。今年以来，还没感觉遇到风，所以在城市里生活很安逸。久了，就很想找风吹的地方去沐浴一番，人的身体让风适当吹吹有好处，要不总有弱不禁风的感觉。其实选择到达坂城不是为了看梳大辫子的姑娘，而是想看看那里最大的风力发电站。去年，一列火车经过这里遇到了飓风，竟然把好几节行进的车厢刮倒。试想，能把火车刮倒，这风力可了得。我还在乌鲁木齐的广告牌上看到那幅宣传画，碧绿的原野，竖立着一排排风车，显得气势磅礴。这时，已经是黄昏了，夕阳迟迟不肯落下去，似乎在等待着我们。同车的当地朋友解释，说这里的时差比在你们那要晚两个多小时，现在你们那应该早黑了。这时候，车速突然慢了，朋友摇下车窗兴奋地喊着，你们看啊。我还没看之前，首先感觉到了风吹过来，脸颊上一片凉意。在无垠的戈壁滩上，我看到森林般的银白色风机，或成队列，或成方阵，迎风而立，非常壮观。好大好大的风车，风车的高大和无畏气势令人难以抗拒。司机看出我们的兴奋,把车停到高速公路的转弯处。我先迫不及待地跳下来,就觉得被巨大的风吹得几乎站不住,身上的衣服被风兜起来像是空中的风筝。当地朋友使劲儿拽着我的手,他在风中吃力地说,达坂城的风力发电厂是目前亚洲最大,世界第二大的风力发电厂,仅次于荷兰的风力发电场。我尽情沐浴在风中,我等待的风终于来了。我看到天很平静,可地上的风却在身边飞舞。草原上的草集体地朝着夕阳跪拜,风车在旋转着。我想,旋转着的风车正在毫无保留地发出人们需要的电量,让夜色城市有了光芒,让新疆有了美丽。当地朋友在风中大声吟诵着"君不见走马川行雪海边,平沙莽莽黄入天。轮台九月风夜吼,一川碎石大如斗,随风满地石乱走。"他的声音迅速被风吹跑,以至于我只看到他嘴动,而不知道他说什么。当地朋友是个著名诗人,风也让他有了灵感,有了诗意。

这时候风越来越大,所有的风车都旋转起来。当地朋友说,那么多风车一起在转也很稀罕,因为平常总是开一部分,停一部分。我就觉得自己好像飞起来,所有的血液在沉静中暴发了,人的思想开始活跃了,于是有了力量。我觉得风浸透着五脏六腑,无筋无骨,无血无浆却力大无比。兴奋中,我跳过高速的栏杆,跑到巨大风车的底下,抬头看着风车在风中有节奏地转动着,在风叶中我看到夕阳开始滚动。我转过脸,看到当地朋友在拼命地朝我招手,示意我快回来很危险。我享受到了风,慢慢地走回到了车里。我对当地朋友央求道,能不能不走了。朋友说,晚上约好了人在葡萄沟等咱们。车继续朝前开着,风车逐渐退到了后面。我的思想依旧在奔跑,我问当地朋友,为什么这里的风会这么大。朋友说,天山如一道屏障把新疆分成南北,形成了塔里木盆地和准噶尔盆地,两地气候不同,产生了对流气流,而达坂城正好地处屏障的关口。风到了这里就憋足了劲,使劲地撒野。

从新疆回来很久了,我总是想念那天的风。

凭吊大沽炮台

　　我小时候看电影，印象最深的是《甲午风云》。我记得演到邓世昌率领舰队与日侵略者相撞时，电影院里一片悲愤之声。后来，由于工作的关系，我几次到塘沽的大沽炮台去凭吊先烈，脑海里总是闪现出邓世昌那宁死不屈的经典镜头。

　　翻开中国的军事近代史，就有"南有虎门，北有大沽"之说。在虎门，有爱国者林则徐愤烧鸦片的世界壮举；在大沽，就有了直隶总督罗荣光和提都史荣椿以及大沽协副龙汝云，带领守军同仇敌忾，一次次用自己的血肉之躯同八国联军进行殊死搏斗，直至壮烈牺牲的辉煌篇章。在大沽炮台，从明代流传下来，到清朝开始形成的"威、镇、海、门、高"为主体的完整防御体系，现在虽然年代更迭，数百门古炮已经流失过半，当年的大炮依照《辛丑条约》不少炮口被强行堵死，或装上炸药被炸掉，或被深埋起来，或被推向大海淹没。但在1995年，大沽炮台经过大规模的修复完善，成为全国重点文物保护单位，以"海门古塞"为名的津门十景之一，如今还能看到当年抵御侵略者壮景的端倪。经过了百年风雨沧桑，经历了中国从弱到强，古炮不减当年风采，炮台上的雄风依然凛然。我站在炮台上眺望，不见大海惊涛波澜，但见天津这片大有希望的热土上一派生机盎然。现在的大沽炮台的遗址，正是过去的"威"字炮台。这是不是历史的巧合，或许是今天中国崛起的诉说。当年那五个字的炮台依照《辛丑条约》被拆除了，江山破碎，生灵涂炭。而恰恰一个"威"字神差鬼使地被留下来，尽管已经被风蚀的伤痕累累，但这就等于留下中华民族的无畏魂魄，留下华夏儿女勇敢坚强的气概。

　　我抚摸着一座座锈迹斑斑的古炮，古炮无言，但似乎急于向我们诉说着什么。我走到烽火台面对着浩瀚的蓝天，蓝天似乎向我们证明着什么。与其说现在修整后的大沽炮台为游客所开放，成了一个旅游胜地，倒不如说大沽炮台的重新展示，说明了历史向我们昭示《辛丑条约》是屈辱的，但中华儿女是英勇的。我最近的一次到大沽炮台是6月上旬，陪着外地的客人慕名观光。而就在我走后没两天，大沽口有七门古炮奇迹般地被挖掘出来，重见天日。我闻讯匆匆赶去观看，有一半的炮是缺残的，有一门炮是断炮。经过专家认定，这七门炮全部属于"海"字炮台的。我认真地询问，这七门炮什么时候能正式展出。回答，尽快吧，也就一个多月。我再次告别大沽炮台时，夕阳彤红，灿烂无限，映照着古炮，旗杆上被现代人安装上去的仿古战旗迎风飘扬。我听旁边一个老者对他的后代讲解着：敌军攻打我们的时候，腐败的清政府迟迟不派援军，我们的英雄们拼死奋战，坚守到只剩下一人一炮，直隶总督罗荣光坚守6个小时，在失守时自刎了，流下的血把海水都染红了。老者的后代听罢，情不自禁地把红领巾摘下来系在古炮的前端，红领巾在风中飘扬，渲染出一片红色。

　　此时，残阳如血。

红其拉甫的界碑

从喀什乘车到红其拉甫需要走几乎一整天的路，一开始上车就在盘旋的山路上享受着千年古道的神韵。天始终亮着，可我看表已经到黄昏了，司机提示我这里要比北京晚两个多小时。车开着开着，司机说，那就是卡拉库力湖。话音未落，我突然看见湖水从天上倾泻而来到了眼前。湖水泛着空蒙银白的光，像是藏族少女手里捧的哈达。雪山环绕在岸边，一半倒映水中，另一半则隐在天空中。湖的东面是有冰山之父称谓的慕士塔格峰，与公格尔峰、公格尔九别峰相连。我请司机停车，迫不及待地跑了几步，听到司机在喊，这里的海拔已经4000多米了。我没感到明显憋气，只是一片朝圣的心态。走到湖边，掬起一捧湖水，手好像触电了一样，被冰凉所击。我知道这水是从雪山下来的，它没有污染没有矫情没有源头，它可以说是从上天下来的。冰凉的温度就是纯洁，我惋惜它从这里再下去几百里，就要受到人类的威胁，就要有人利用它污染环境了。车继续行走，我看见了牦牛在漫步，看见有当地人在路边卖石头。于是我看见很多辆车停在这里，下了很多游客在讨价还价地交易石头。我听到有人在喊这是和田玉，我过去看那一大堆的和田玉，我心疼。我知道不可能有这么多和田玉在这里进行

我在上空飞翔

一两百块钱的交易,起码这不是真的,这只是一般的石头。刚才我在卡拉库力湖的激动被人的物欲淹没了,我还是买了一块石头,我看出是普通的河滩石。我之所以买,是因为这块石头没有被雕琢,原始地躺在我的手掌中,质朴而无张扬,粗粝而没圆滑。

翻越过苏巴什达坂,车行走到一块平坦的山坡。司机有意把车停下来,说是让我们方便。女士们走得比较远,我看到有一座用石头垒起的屋子。我情不自禁地走进去,里边很灰暗。努力搜索,看见了一个塔吉克少女在里边烧水。我下意识问,有吃的吗。因为从昨天起就没怎么好好吃东西,肚子呱呱叫着。少女嫣然一笑,递给我圆圆的馕。我捧在手里像捧了一个金色的太阳,吃了一口很香甜。少女把刚烧好的水灌在我的水杯里,说,你喝,很甜的。喝了一口,没有甜的感觉,舌尖有点涩。太阳躲进厚厚的云层里,车尽管开得很快,但也没办法到我向往的红其拉甫山口了,只得夜宿到塔什库尔干县城里。同路的朋友们都喊脑袋涨起来了,我只是觉得气短了些。走进宾馆,门口提示我们这里已经近 3000 米的海拔了。早早起来发现天大亮了,天空清澈,湛蓝湛蓝的。昆仑山的积雪在上层趴着,下边就是坚硬的岩石,各种颜色混淆,成了同路搞美术朋友的素描对象。开始再次乘车去更高的红其拉甫。车就像是船,始终傍着一条盖孜河,滚滚奔流的雪水在河床里朝下翻滚着,颜色橙黄。昆仑山上有时候会出现三种颜色,上面是雪白,中间是黄褐色,下边是绿色。

距离红其拉甫还有 130 多公里,车再度停下来,需要办理出边境的手续。我们从车上走下来,进到一个房子里,然后再走出来,就算办完了。车开始爬坡,一条往红其拉甫隘口的标志清晰而见,那就是去巴基斯坦的最后路段了。山越来越高了,能看见山谷中不时有黑色的鹰在翱翔着。我在县城附近的草原上,曾经领略了塔吉克人跳的舞蹈,表演的鹰很是威武,帮助人类在寻找宝物,带领迷路的猎人走出困境。车在喘气,盘旋的山路越发陡峭了,我不知道当年驮着丝绸的驼队,是怎么样穿过塔里木盆地的茫茫戈壁和沙漠,然后靠什么秘诀翻越昆仑山,进入帕米尔高原,而步入巴基斯坦的。海拔已到 5400 米了,我终于看到红其拉甫山口的哨所。我看到哨兵们牵着军犬在巡逻,看到五星红旗在蓝天中飘舞,我仰望着天空,感到腰部在挺起。我看到了界碑,我终于站在界碑前,抚摸着中华人民共和国这几个红字,司机追过来,问我有没有高原反应。我觉得头脑很清醒,心脏也很正常,就是身上的衣领在抖动着,因为风在吹动着。哨兵们的肤色很红,司机说这是一种高原反应,可他们的眼睛很亮。我和哨兵合影,我看见界碑那边的巴基斯坦哨兵竟然也过来与我们凑热闹,于是我们跨过界碑也和他们合影。我看见界碑的那边用巴基斯坦的文字说明那边是另一个国度了。

我离开中巴边界线一段路了,依然见五星红旗在飘舞,其实那是飘舞在我的心里边。我举起右手,向我们的五星红旗致敬,祖国你好。

大杂院与高层

　　我没在天津的大杂院住过,但我不少朋友都是在典型大杂院成长起来的。我在十几年前还专门到大杂院看过他们。这些曾经生活在大杂院的朋友们大都很快乐,因为居住在大杂院的邻居们都跟亲戚一样,大伯大娘这么叫着。有的甚至上班时都不关门,喊一声大娘我们走了,就真的走了。有个什么事情,比如查电表收水费的大娘就给他们办了。即便是走时锁门,也都把钥匙给邻居。我听一个朋友说过,有个到天津工作的南方人住进大杂院,从来不给邻居钥匙,说钥匙就是我家的象征,我为什么要给你们。邻居们很不高兴,找了一个德高望重的老大爷给他谈,你不给钥匙就是不放心我们,我们觉得这样别扭。在大杂院生活的人都有这么一个习性,谁家吃好的都会给邻居们送一点,不单为了显摆,更重要的是让邻居们分享。谁家的闺女出阁或者儿子结婚,邻居们都是当然的嘉宾,岁数大的都会坐在上席。再有就是哪家遇到难事了,邻居们也当仁不让的帮忙。我三哥血压高,送医院的时候我赶过去,都是邻居们操持的,甚至抬担架的都是邻居,我十分感动。寒暄几句邻居们还不乐意,说,你客套嘛,老街老邻的不就是一家人吗?邻居之间的文化传染也很有意思,有一人很爱京剧,可能就带动一片人。我一个朋友爱吹口琴,算上名家了,他住的大杂院里都是口琴爱好者。大杂院的邻居们也有闹别扭的,比如谁家蜂窝煤少了,或者谁家占了谁家的门口搁东西了。但都不会闹僵,都有老一辈的给劝解,劝解的方式都是远亲不如近邻的老话,但都透着一种近似于血缘关系的亲情。

　　这几年高楼盖多了,大杂院剩的也少了。在大杂院生活的人都搬进了高层,俨然成为了新市民。进了高层就开始装修房子,就开始清一色的安装防盗门。于是就有了猫眼,透过猫眼看邻居。在大杂院的时候,邻居爱串门,进了家在床上一靠就聊天。现在即便进了门也需要换拖鞋,因为谁的家都不是水泥地,都是地板,高级点的铺地毯。那就得换鞋或者戴鞋套了,臭脚的就等于不能串门了。在这里我对防盗门的普及比较诧异,当然现在小偷多了,防盗门是冲着小偷准备的,但多少防盗门也隔绝了人与人的联系。现在一想那沉甸甸的防盗门,我就没了串门的兴趣。再有奇怪的是,为什么人搬进高层就不来往了呢?我调查过,有一个大杂院,邻居们之间关系很好。拆迁了,所有的人都搬进了高层,于是就下意识地不来往,这样一年下来见面就生疏了许多。难道高层就是疏远的载体,或者居住环境能改变人与人的关系?不少人不认识对面的邻居,过年过节的不敲个门问候。我的一个朋友在洽谈业务的时候碰见了熟人,聊了半天才知道住在一个小区,再聊深入了才知道住在一个楼,后来知道一个在楼上一个在楼下,居然没见过面。京剧名家童芷玲到了美国,曾经给我来过一封信,诉说在那里的寂寞,说谁也不跟谁认识,谁也不想主动认识。后来,我在报纸上知道她去世后几天都没人发现,再发现时人已经枯槁。我很难过,邻居之间到了这种程度。我想,还得提倡些什么,起码邻居之间要有个沟通。不串门可以,但不能见面不打招呼。不喊大伯大娘可以,但是喊个某某的名字可以吧。起码有个事,你喊人家的时候也方便。你再有钱,你真遇到事了,离你最近的还是邻居啊。

九号楼大院

我 5 岁时全家搬到了吴家窑大街九号楼大院。

这个大院由两座四层楼组成,所住的大都是天津地委的干部。可能这些干部有许多是从农村来的缘故,楼中间的空地上种满了庄稼。我记得最清楚的是我爸爸种下的一片玉米,高高的,棒子硕大,黄昏时在夕阳中显得格外挺拔。也有种高粱的,穗子红红的,风一吹动,像是小时候戴的红领巾一飘一飘的。

那时院子里的人与人关系特别融洽,也没有官衔大小的界线,大院的氛围跟乡下村子差不多。邻居们见面都打招呼,孩子之间也如同兄弟姐妹似的,一起上学,晚上若是没回家,父母也不用惦念,一准是在哪家留下吃饭了。我家三楼上住的是大诗人艾青的前妻,他的两个孩子圭圭和梅梅中午就在我家吃,然后每月一结账。我娘是农村妇女,摆上桌的也仅是窝头熬白菜什么的,炒菜时,搁的油就是一丢丢,手心那么点儿,最后是棒子面粥,那时能吃上白面馒头就相当不错了。在我印象里,我们就跟一家人似的,我们吃什么他们也吃什么,吃着照样也挺香。我馋,有回艾青的前妻带着我去起士林,吃了顿西餐。当我进到富丽堂皇的餐厅,吃着炸猪排和罐闷鸡,就觉得上了天堂,到现在我都能回味起嘴角的余香。如今,我再到起士林吃西餐,怎么也体验不出当年的陶醉感。我家孩子多,我上有四个哥哥,所以有白面总先让爸爸吃。我看楼下阎姨家总吃馒头,就爱上那去蹭。吃完以后,回家不敢对娘说到阎姨家吃馒头去了,就硬去啃窝头,吃撑了就在院子里疯跑。

在我家四楼上住着大作家鲍昌,那时他正落难。我和他的小儿子鲍光满要好,就常上他家去。鲍昌家的书柜一排排的,桌子上也都摆满书。我崇拜地问光满,你爸爸是干什么的,他说是作家。我说什么是作家,他神秘地讲,就是瞎编。我去他家时就爱翻书,有的不懂,有的刚能看出模样。我也模仿鲍昌写作的神态,在家瞎写一通,写什么高高的楼里有两间房,一家姓李,一家姓常,姓李的有位大公子,姓常的有位大姑娘……这是根据楼里的事儿胡写。给鲍光满看,求他转给他爸爸看。光满严肃地说,我爸爸瞎编倒霉,你别跟着陷进去。鲍昌爱拉个京胡,哼段京剧,聊以自慰,我也凑热闹听,趁着鲍昌不在,斗胆取下京胡学着拉上一段。没想到,我就凭着几下京胡,去了部队宣传队,改变了我的命运。当鲍昌去世时,我去北京八宝山,见到鲍昌的爱人亚芳阿姨,当她喊我一声我的小名儿八豆时,我的眼泪已经浸湿了脸颊。如今,鲍光满也是作家了,我跟他提起早间瞎编的话题,他矢口否认。

在我家斜对过的四楼,住着莎莎,他的父亲是中国的老革命,母亲是位前苏联人。莎莎比我大一岁,很聪明。我们总一起去水上公园玩儿,偷铁丝网里的果子吃,也常被人家逮住,人家一看他蓝眼珠大鼻子的样子,就重点审问他。这时,我们总把莎莎供出来,说他母亲是苏联人什么的,对方阶级斗争的弦儿就绷紧了,我们好逃脱,于是莎莎总是受比我们更多的折磨。几年前,我听说他很不幸,生活拮据,在气象台路开个租书亭。后来,我找到他,见他苍老了许多,置身在屁股大的小亭子里,身前身后都是书。他说挣得钱勉强够一家人生活的,他要去俄国找亲戚,做点买卖。一晃,去年我又听说,他去俄国做买卖大亏一场,债主堵门,莎莎无奈偷偷跑了。说是给家里写过一封信,声言还活着,请放心云云。

九号楼大院我还去,院里早就没了庄稼,听说要拆……

老天怎么还不下雨呢

　　昨天晚上有滴滴答答的雨声,我怀疑是楼上的厕所又坏了,就没在意。在梦里,就开始在荒芜的草原上奔跑,口渴得要命,好不容易看到一泓碧绿的泉水,马上把脑袋扎进去,吮到的却是一掬苦涩。早晨起来,首先跑到窗户前,看看下雨了没有。妻子怔怔地问我,你看什么呢? 我说,看下雨没有? 妻子说,你神经病呀。说着,她又睡去。透过窗棂,我看见漫天的乌云里泻着小雨,一串串地砸在地上,又被溅起来,像是一朵朵绽开的花。我站在窗户前,静心倾听着雨声,原本那浮躁的心情沉寂了下来。我想起,很久没有下雨了,一旦下雨了,人就安静下来。土地被滋润,绿叶张开小嘴,干涸的河床在欢笑。人和大自然是一体的,那就是对雨的呼唤。

　　去年,我去内蒙古的灰腾梁,草是黄色的,几乎与土地的颜色靠拢。当地的牧民告诉我们说,很久没下雨了,草就不发绿,也就没有春天。草不绿,羊也就不显得那么爱吃,也就不肥了。羊不肥了,人也就不爱吃了。从灰腾梁我又乘车去了包头附近的沙漠,登上沙漠的高峰,远处是望不到头的戈壁。我抓起一把沙子,滚烫滚烫的,焦灼得人难受。我问牵着骆驼的人,这片戈壁有多大呢? 他说,没头,能到新疆吧。我惊诧了,从这里到新疆还有很远的路程呢。他笑着说，不骗你，你有本事就走，乘车骑骆驼，没有个几天几夜你出不去。有不少人迷路了，晚上就在沙漠里冻死呢。我好奇地问，以前是这样吗？那人摇摇头，天不下雨，这沙漠就欺负人，越来越往城市里逼呀。我从沙山的高处往下滑，沙子在我的屁股下面呻吟着。我看到很多旅游者在下滑的时候欢笑，还有些旅游的孩子抓起沙子放在兜子里，说是太新鲜了，要做个纪念。我倒是想哭，沙子这么繁殖着，这么猖狂地向着我们进攻，我们却无动于衷。我想起古代人的祭祀，那么多人光着上身在朝苍天祈祷，希冀着下雨。现在没有这种场面了，下不下雨，我们都能吃上饭，都能过得很舒服。

前不久，我们几个文友到北京密云清凉谷去踏青。4 个小时的驱车奔波，我们来到密云水库的上头，鸟瞰密云水库，积蓄的水不多了，在夕阳的映照下，那一汪汪水就像是珍珠，散发着光亮。四周的山峰好像越来越高，不由我想起那句常说的话，人往高处走，水往低处流。现在人倒是往高处走了，可水也真的往低处流了，流得连人都看不见了。人和水不能分开的，人其实就是鱼。多少年的清凉谷，处处是水声，所有的名字都以水做引。可现在走在清凉谷里，清凉还是清凉，却听不到水声，看不到激动人心的瀑布。有人把我们带到珍珠泉前，从高耸的峭壁上流下来一丝丝的水线，据说上面蓄的水也不多了。问起当地的山民，都说下雨多好啊，怎么老天的雨越来越少了呢？我再问，要是下雨，你们高兴吗？山民说，高兴个啥，老天就是下雨的呢。

我们也是，老天不下雨抱怨，老天下雨也激动不起来。

我想起一张国外的照片，上面是一群赤裸的人在雨中奔跑，有大人也有小孩，每个人的脸上都焕发着无比的喜悦，题目是《感谢》。我们在城市中生活的人好像不在乎下不下雨，下雨了也可能会抱怨几句，比如上班不方便，再比如新衣服脏了。我们应该看看，路边的树木比我们人类更赞美老天，它们都张开着臂膀迎接甘露，然后拼命地充实自己。它们太在乎下雨了，因为下雨了它们才能生长。我们不在乎下雨，是我们好像没有下雨也照样能生活。从家里走到外面，路过天塔湖，看见湖面上一层层的涟漪，水也在跳跃着。我看见几个老人在雨中矗立着，他们谈笑风生，好不快活。他们肯定是为下雨而欢娱，尽管他们的雨衣在风中摇摆着。我听到有老人在喊着什么，但他的喊声很快消失在风雨中。我想那是老人对雨的祝福。人老了,或许对下雨倒是注意了,因为雨是苍天赋予人类的礼物,我们没太注意罢了。

在单位读到一则报道,说杭州连续一个月下雨,人心都被雨浇乱了,人们渴望太阳快出来。我看要是一年半载的不下雨,我们才慌呢。

女儿就是我的命根子

有人问我,你是爱你老婆还是爱你女儿,我会说,是女儿。

我不溺爱女儿,她今年 26 岁,在中国传媒大学上研究生。应该说,她的成长道路是比较顺畅的。在高中选科的时候,我早就为她安排好了。那就是她喜欢的职业和人生。我是作家,她从小就喜欢文学,当然是文科了。上大学时,我为她找准了天津师范大学的新闻专业。那时,这个专业还不像现在那么火。她高考的成绩是 535 分,完全可以报考更好的专业。我对她说,你选择虚荣就不去新闻专业,选择人生就去新闻专业。女儿高兴地对我说,我当然选择我喜欢的职业了。大学毕业后,她主动报考汤吉夫教授的当代文学的研究生。在考试的前夕,她突然病了,在医院做手术。手术刚结束,就在病房复习。她的举动成为医院的一段佳话,但很可惜,在考英语的时候发挥不好,毕竟身上的伤口还没痊愈。我和她商量,先工作吧。她点点头,很不情愿。一年后,她辞去了电视台的工作,考取了中国传媒大学的电视研究生。其实我很不愿意的,因为辞去了电视台的工作很是心疼。可女儿说,你不是说让我做喜欢的事情吗。

没办法,爸爸说话就得算话。

我没打过女儿,甚至没有跟她红过脸。我信奉一个教育孩子的原则,那就是尊重她,把她当成你的好朋友。在她成为你好朋友的时候,你在她不知不觉中教育她帮助她陶冶她。记得女儿上小学时,我到海南出差。懂事的女儿叮嘱我,一定要给她带回来一件当地的礼物。到海南后,我在三亚四处选择,终于买了个用椰子壳做的娃娃。娃娃很可爱,圆圆的脸,大大的眼睛,透着顽皮。回家后,女儿扑到我的怀里,第一个动作就是迫不及待地打开我的旅行包。当她看见椰子娃娃后,高兴地亲吻着,把娃娃珍重地放在自己的枕头旁边,与它共眠。我的同事看见这个椰子娃娃后,也十分喜欢,爱不释手。没经女儿同意,我也觉得没什么,就把椰子娃娃转给了这位同事。没想到惹了大祸,女儿放学后发现椰子娃娃不见了,号啕大哭,任凭我怎么劝也无济于事。无奈,只好放下面子找同事重新要回来,才算安抚了女儿。

从此后,只要我出差,女儿就不厌其烦地嘱咐我带礼物。我哪回忘了,她就会对我大发脾气。伴随着我不断地出差,女儿从小学生转眼已经步入大学新闻专业。仅仅几年的光景,她的礼物箱子已经被我盛得满满的。里面五花八门,琳琅满目,无所不涉。有云南的木雕大象,有青岛的玩具洋楼,有重庆鬼城的五指骷髅,有江西景德镇的瓷器小猫,有广西南宁的八娃荷包,有内蒙古的仿金制酒盅,有福建厦门的木器牧童短笛,有四川的藏族短刀,有陕西眉县的装饰画,有湖北武汉的玻璃牡丹碗,有辽宁大连的海贝美人鱼……我侄女从加拿大探亲回来,拿出一套精美的加币和美元,作为收藏礼物送给她。女儿顿时有了兴趣,她买来有关钱币的书籍翻阅,觉得其中蕴涵着不少学问。于是我又增添了任务,替她收集各国的钱币。好在朋友经常有出国的。我就像女儿嘱咐我一样拜托朋友。两年的不懈努力,女儿已经存有了十几个国家的钱币。其中难得寻到的有伊拉克和伊朗的钱币,上面的字迹很不好认。女儿磨我,让我找朋友讨个明白。我很感动,我知道女儿不是为了稀罕,而是要掌握知识。我只得再次请求朋友,询问那古怪的文字是什么?朋友也不解其意。我又请教行家,才把钱币上的意思告诉女儿。女儿拿笔认真地一一记下。其中,土耳其的钱币是朋友冒着地震的危险为我寻来的。我讲给女儿听时,她的脸上充满感激。有一天,阳光灿烂,女儿把我请到她的房间。我愕然了,她把箱子里的礼物满满地摆在床上桌上地上,简直像一个展览会。我拿起每件礼物,勾起我很多美好的回忆。我发现每件礼物都有女儿的文字注解,什么地方出品,什么风格和特色。女儿充满温馨地对我说,感谢爸爸这么多年给我送的每件礼物,我能掂量出来,里面有爸爸对我的感情,也有我对祖国的热爱。每件礼物都使我增加了知识,给了我想象的空间,也让我觉得生活是这样有意义。看到这些,我的喉咙发酸,半天没说出话。

还有件事情让我终生难忘,记得我在电视里偶然看到韩红唱的一首《天亮了》,然后就没再干别的,而是专心听她讲了创作这首歌曲的背景。她是在一篇报道中得知一个动人的故事,某个孩子和父母在贵州旅游,在索道途中,车厢突然下坠,父母把生的希望给了孩子,奋力把孩子托出险境,然后从容地离开这个世界。天亮了,孩子来到父母为救他去世的地方,呼喊着他们的名字。韩红含着眼泪写了这首著名的《天亮了》。其中有这么一段歌词,"就在那个秋天,再也看不到爸爸的脸,他用他的双肩托起我重生的起点……我看到爸爸妈妈就这么走远,留下我在这陌生的人世间……"我买来了光盘,反复听这首歌曲。女儿在旁边问我,爸爸,你怎么这么爱听这首歌曲呢? 我说,这记录了父子之间的一种感情。我父亲就在我看韩红唱歌的那年,患癌症去世了。去世前,他没有连累我,悄悄服用了安眠药。而那时我正在重庆出差,那天黄昏,我匆匆赶到医院,跑到抢救室,父亲的鼻孔里插满了胶皮管子,医生和护士在身边忙碌着。我走到父亲身边,父亲奇迹般地睁开眼睛,始终看着我,嘴唇在急剧地抖动。我控制着眼泪喊着父亲,从来不流泪的父亲突然满脸是泪,喊着我的乳名。医生警告我说,你父亲的血压增长太快,你必须出去! 我清楚地看见父亲的脸一直追随着我。我已经看不清楚他的眼神,因为全是泪水,说不出来是他的还是我的。事后家人告诉我,父亲用真情支撑着生命,始终在等你,说重庆的会这么长,怎么还不散呢。我用这件事情教育女儿,告诉她,我们为你付出了这么多,不是需要你什么回报,而是需要你对自己的认知。

再有让我不能忘记的是,女儿最后高考冲刺的那个阶段。因为我和老人一起生活,我和女儿在一个房间里居住。每天晚上复习都到半夜,而天还没大亮,就又得匆匆上学。我一个桌子搞电脑创作,她一个桌子复习功课。再加上我和妻子的双人床,女儿的单人床，还有几个大书柜子，小屋已经没多少立足之处了。在这拥挤的小屋里，客观条件逼着我天天晚上和女儿一起复习，因为她常常把英语单词和历史政治什么的念出来，我就得在旁边受教育。有时，我打电脑，打着打着就把她的政治题打进去了，或者什么秦始皇李世民汉武帝的。我忍耐不住就会喊一嗓子，而女儿总是顽皮的一笑，我的烦躁就这么轻轻拂过去。晚上我受煎熬，早晨也要受痛苦。女儿买了一个新颖的电子闹钟，能用汉语和英语报时。模拟女人的声调，柔柔酸酸的，让人听了像是老电影里国民党撤退大陆时，电台播送那种腔调。我总在噩梦中被这种声音弄醒，然后闭眼睛耐心等待，因为女儿一般都定电子闹钟报送三次，从早晨 6 点到 6 点 30 分，隔 10 分钟一次。等到 6 点 30 分，她才不情愿地起床。妻子轻手轻脚地给她热奶，怕把我吵醒。女儿这时喝着牛奶，吃着饼干，听着随身听，磨蹭地开始收拾书包，接着就是叮叮当当推着自行车下楼。往往等妻子和女儿都走了，我再接着睡。

说来这已经是往事了，但我要讲的是，在教育女儿的同时，女儿也在教育着我。我后来给女儿讲这段事情，她说，你怎么还记得？都是过去了。我说，爸爸感谢你，你在这么拥挤的空间还能有这么好的精神状态，为什么呀？女儿说，我怀念，因为这是我和你们住在一起的快乐时光，现在我自己已住了，听不到你们的呼吸，会很孤独的。

看来，教育也是有感情的，也能回报的。

京韵情结

　　我喜欢京韵大鼓还是在小的时候,那时候我家住在河西区平山道,距离干部俱乐部很近。每到过节的时候,干部俱乐部的小剧场都有精彩的曲艺演出,去的都是名角。当时,京韵大鼓的三大流派代表小彩舞、小岚云、阎秋霞经常登台献艺,那时我还小,听不出里面的子丑寅卯,只是觉得好听。"文化大革命"的时候,我参军到部队业余宣传队。队长是个天津人,也是一个京韵大鼓迷。有时候他偷偷跟我唱两口。他手里端着茶壶,唱得时候摇头晃脑,其中就有《丑末寅初》这个小段。后来,我偶然的机会听到了小岚云演唱的《椰林红旗》,很是激动。那时也没有录音机什么的,好不容易找到这个曲谱就瞎哼哼,哼的跟念经一样。队长深有感触地说,唱得真有味道,就是不太像京韵了。我从部队复员回到天津,已经是 20 世纪 70 年代的末期,曲艺开始复苏。我跑到剧场看了盼望已久的京韵大鼓,其中有阎秋霞的《探晴雯》等红楼名段,她那种白派特有的河北地域语言,引起我很多对家乡的思念,很强烈的朴实和淳厚。以后每次听到都有怀旧的成分渗透出来,我最爱听的还是后来创作的《愚公移山》。再有就是小彩舞演唱的《剑阁闻铃》深深地触动了我,那种凝重委婉,那种对情感地孜孜追求,那种对生命的反省和再生,促使我连续看了多次。我尝试着学唱,可唱腔太复杂,京韵京腔到了我的嘴里就变味,就显得浅白。听到小彩舞逝世的消息使得我沉默许久,我们再也目睹不到她老人家的风采,听不到她动心动魄的声调,实在是京韵大鼓迷的一大遗憾。

　　我从喜欢京韵大鼓到了尊敬京韵大鼓,我觉得京韵大鼓不是什么人都能学会的,即使学会也是个皮毛。因为京韵大鼓演唱的都是中国古典文学的精粹部分,它是需要很深厚的文化底蕴在里面,每一名段都演绎着民族文化的博大精深。别看京韵大鼓出自北京,可天津在这方面是独占鳌头,有着北京无法比拟的人才优势。现在,老一辈的表演艺术家还健在,中青年的京韵大鼓演员也已经成了气候,在全国名列前茅。业余选手能够上台的可达百余人,而且出手都不凡。我曾经在若干年前,看了刘派后人小映霞的《草船借箭》和《李逵夺鱼》等代表曲目,小映霞的表演真是出神入化,惟妙惟肖,所有的人物都有性格、眼神和手势变化。可惜以后就再也没有看到她的演出,以至于我看到她的后人,总也按捺不住对他说起小映霞独到的表演艺术。

　　对京韵大鼓充其量我是喜欢,但还是门外人。可我常常想在这方面说些所谓出格的话,我想,我是门外人,也不会有人计较。比如在多年前小岚云艺术探讨会上,我就冒出小岚云的艺术水平在某些方面超过了她的前辈刘宝全,因为她的演唱声域更宽,更加高亢,而且在婉转方面又充分弘扬了女性的特色。更重要的是小岚云对作品的文学理解比刘宝全丰富,这也借助了现代社会的视觉和思维。说完以后,马上听到有人说,刘宝全是京韵大鼓发展的最高峰,很难有人会超过他了。我原本想再说小彩舞就已经超过了,可一想就别说了,最高峰已经是顶端了。我不是对前辈不敬,我是想说,京韵大鼓的艺术是不断发展的,流派也会更新换代,后人在艺术上的想象力和表现力都会有前辈所想不到的。京韵大鼓的曲调实在太雅致了,与它的文学角本一样那么大气,那么激荡人心。说来,它的伴奏就是三弦琵琶和四胡,可演奏起来就是与众不同,掷地有声。有次,晚上我和朋友乘车从外地返回天津。开车的朋友也是京韵大鼓迷,就反反复复放了小彩舞的《剑阁闻铃》磁带。夜色浓浓,车在高速公路上奔驰着。看着天空一轮明月,望着车窗外的朦胧夜色,耳听着叮咚作响的京韵京调,车内一片沉静。"马嵬坡下草青青,今日犹存妃子灵……"这如泣如诉的唱段让人心破神散,百感交集。

前不久,我和一群文友结伴去北京密云的清凉谷踏春,黄昏,夕阳坠入西山,面对着青山翠绿和潺潺泉水,美妙的景致让我们一时找不到合适的歌曲把情感抒发出来,突然间,我和桂雨清、萧克凡、牛伯成、吕舒怀等京韵大鼓发烧友们竟然情不自禁地一起唱出了"丑末寅初,日转扶桑,我猛抬头见天上的星,星拱斗,斗合辰,它是渺渺茫茫恍恍惚惚直冲霄汉,减去了辉煌……"

不要分手时才想起感情

眼下，随着社会的商业化愈演愈烈，人与人的情感却越来越淡薄。你防范着我，我戒备着你。给别人办过的好事儿始终记得清清楚楚，可别人给自己做过的好事，没几天就忘得一干二净。当面哥们儿姐妹的，人刚走转脸就骂娘。为一件小事，就能斤斤计较，弄得脸红脖子粗。回家以后，这股邪火不知道会撒在哪位倒霉蛋身上了。细一分析，真正原因并非事情本身，究竟是什么就难说清楚了。

人过了 50，面临物质利益的侵入总有一种胆战心惊的感觉。这才体味到人生最重要的就是感情了，可常常忽视它遗忘它，在快要失去你身边亲人朋友时才想起它。说来，只有感情能使你回味人生体验人生。还在孩提时，常偷拿二哥抽屉里的书，那时他上大学。偶然读到苏东坡那句著名的词句："人有悲欢离合，月有阴晴圆缺，此事古难全。"我曾问过二哥是什么意思？他回答说，你长大了就明白了。如今回过头，回味这人生历程，我曾与数不清的朋友亲人分手，每一次分手都能体验到心灵的震颤，悟出许多生命的真谛来。有的分手是瞬间，或许以后还能见面，可有的分手却是永远。在一起时，显示不出珍贵，而一旦分手才品味儿出情感的缺憾。我一个好同事，他患了肺癌晚期。我基本上一个月去一次到两次,他喜欢根雕,每次去都让我拿走。我知道那是他的生命,我就假装不喜欢。后来看着他一次次消瘦,然后去了医院等待死亡。我去医院,他埋怨我不要他的根雕,他若是死了这些他痴迷的东西就会被遗忘或者忽视了。我再去,他就很难说话,我只能握住他的手看着他凝视我的眼睛。前几天去,他已经昏迷,周围人都不怎么认识了。看护他的人大声提醒他我来了,我看他睁开眼,已经没有力气的手突然攥住了我的手,久久不松开,以至于看护他的人目瞪口呆。我让跟着我的人离开病室,我跟他说了好多话,其实我知道他是舍不得离开我们,但已经力不从心了。离开他,我心里难过许久,我和他是挚友,但想想,一年见不了几次面,见了就寒暄几句废话离开。我每天在忙碌日常的琐事,很少想起来给他打个电话问候一下,其实他特别想跟我叨叨他的麻烦。

记得我到了天津群众艺术馆后当编辑,有个叫孙靖一的老编辑,手把手的指导我。他的文字功底很深厚,字也写得漂亮。他住在大杂院里,屋里摆设又简陋,很少让我去他家,怕我看不起他。其实他一身傲骨,能令他佩服的人物寥寥。那回冬天,我们一起看电影《红高粱》,路上,他半晌没说话。后来快分手时对我说了一句话,我是写戏的,我这辈子也写不出这部电影来。我看着他摇摇晃晃的背影,默然心里有些酸楚,三天后,突然传来他患脑溢血住进医院的消息。等我赶到急救室时,他已经神志不清,鼻子上插满了针针管管。他最后跟我说的一句话是,你会比我强。转天他就告别了这个世界。当晚,我梦见了他那摇摇晃晃的背影。当我在文学上有了些成绩时,那个背影就在我眼前晃动。

最使我铭刻在心的是 20 年前的冬天,侄女跑来告诉我,说奶奶不行了。在黑暗的车棚里我疯一般摸出一辆自行车朝母亲家骑去,闯进去时见我母亲已经平躺在床上。哥哥们告诉我说,母亲咽气前,说要等我再见一面的,于是就这么等,等到我咚咚的上楼梯声响起,母亲闭上了眼睛。我想,亲人之间短暂的分手是幸福的,因为毕竟还在一起。若是压根就没有思想准备,猛丁儿离去该是多么痛苦,没能见到母亲最后一面成为我终生的遗憾和痛苦。我有个朋友是某机关办公室主任,他回家常常和老婆干架,一吵就说出伤人的话,气得他老婆没法,无奈坚决提出离婚。我这位朋友后悔得要命，找我来从中说情，我不解地问他你进家门，干嘛要跟自己最亲近的人过不去呢？他郁闷地叹口气说，在单位，不论哪个头头有火都和我撒一通，我只得压着火听。可我也是人啊，我心里的火不能撒在单位，还不能撒给老婆吗！在那个冬天，他们离婚了。分手时我朋友坚持不回头，可还是忍不住，回首时他发现，离婚的妻子也正含着热泪凝视他。

前不久，我到基层采访中听到一个真实的故事。一个公司的经理出了场车祸，被撞成植物人。亲属和他的下属们看到他神志不清久久不能醒过来，都丧失了信心。一位著名的医生对他的亲属们说，你们把他当作正常人，该对他说话的还继续说，尤其对他要多说一些有感情色彩的语言。经理亲属不太在意这位医生所嘱托的话。医生发现后，再三动员他们按此去做。亲属们被医生的真诚所打动开始尝试。亲属们每天根据不同的身份儿，用心去呼唤他的名字，妻子在耳边悄悄地呼喊他的爱称。他们把这位植物人真正当成正常人，和他谈天说地。慢慢奇迹出现了，病人有了感觉，眼球有了活力，脸上涌现出表情。亲属们惊诧了，于是互相间的交流更加频繁。几个月后，病人竟恢复了健康，出院时他紧紧和大夫们拥抱着，那分手的场面感动得所有人掉下泪，包括那位著名医生。

如果说年轻人不懂得对待感情，老年人只是回忆感情，那么我们中年人就要回归感情。我们不应当只在分手时才懂得感情的重要，而应珍惜周围每一个同事、朋友、亲人之间的情感。

梨园界的传奇人物

——记京剧表演艺术家童芷苓

童芷苓去美国之前,给我来了封信,接信时我很惊诧。因为我只是在 1982 年去上海采访过一次她,然后就没再来往。信里,她说要去美国了,想让我把当年采访她的文章再寄去一份,留个纪念。想来,我那篇文章写得很粗糙,怎么会能引起她的注意呢。事过多年,我看到报纸上登载的童芷苓在美国去世的消息,又听说她晚年在那里生活得很孤独。去世几天后,才有人在她房间里发现她的遗体,不由替这位曾在中国梨园界叱咤风云的人物难过。

记得那个傍晚,我去上海拜访童芷苓。本来电话说好,她要我去看她和她妹妹童葆苓合演的《樊江关》,因为演出地点在一家工厂,我是第一次去上海,实在不好找。她在电话里说,那算了,你到我家聊吧。她家住在一个高层的顶端,我是坐电梯上去的,一开电梯门,她正笑眯眯地等着我。尽管她额头上爬满了皱纹,但一举一动透着潇洒,嗓音依旧那么清脆。

童芷苓生长在天津,至今她还清楚记得家住在秋山街鼎新里。童芷苓父母都是教员,却酷爱京剧。受家庭的熏陶,她从小就喜欢京剧,13 岁参演了一场《女起解》。由此,聪明伶俐的童芷苓便踏进了京剧门。此后,跟着人家转小园子,跑小码头,扮宫女。谈到这,童芷苓苦笑道,这叫借台子演戏。我换了不少班,偷着学会了十几出戏,仗着脑子好,我不怕辛苦,也能忍气。要不早就被踹下台了。几年后,班里的女主角突然找主成亲,无人挑大梁。老板看她聪慧好学,就点中了她来接班。童芷苓接过戏本,凭着偷来的功夫,只练习了一夜,就登台亮相了。当时的童芷苓扮相秀丽,年仅 16 岁,就挂上了头牌。

　　久闻童芷苓是荀慧生的得意门生,我脱口问,您是什么时候拜的师啊?童芷苓不假思索,立马准确地说,1939 年 5 月 3 号,在天津的明湖饭店,那年我 17 岁。可她没有拘束在一家门下,而是博采众长,梅派、程派、尚派的戏她都学。打拜师以后,童芷苓天天演两场,也不觉得累。那时候,童芷苓经常演出的戏目是《红娘》《玉堂春》《大英杰烈》《红楼二尤》等。一年后,童芷苓转到北京找师傅深造,转年到了上海,跟李盛藻、高盛麟和袁世海等名角搭班。童芷苓学戏聪明,毯子功又刻苦。京剧里的青衣、花旦、刀马旦、老旦行行精通,四大名旦的唱腔和身段又都运用自如,真是多才多艺。她和众多的艺术家合演,还和骆玉笙演过《坐宫》,她回到家乡天津演出时,在中国大戏院一连气演出了 12 场,天天兴奋得她睡不好觉。在这期间,她还频频到影棚,"客串"了不下十几部电影。其中和石挥、周旋、张伐主演了名片《夜店》,石挥演店主,童芷苓演店主的妻子赛观音。有一位戏迷偶然到图书馆,翻看解放前旧报纸,在电影广告栏里惊奇地发现了不少由童芷苓参演的电影海报,便复印了一份寄给她。信中说,我怎么也没想到,您还是个电影演员……

　　解放后的第五个年头,童芷苓带着自己的京剧团并入了上海京剧院。这时候,她开始接触大量的新剧目,如《柳毅传书》《猎虎记》《赵一曼》《武则天》《孟丽君》等,塑造了一批性格鲜明,迥然各异的形象。

　　童芷苓敢于标新立异,不贪图安逸,能潜心钻研,火戏不过火,文戏不显温吞,包袱连串的角色她能让台下笑声不断,斯斯文文的人物她也能叫观众聚精会神。童芷苓演《宇宙锋》里的赵艳容,别具一格。别人都处理成下场扯发,披肩而上。她却当场撕发,随情而入,使角色的情绪连贯,感情逼真,令人可信。1963年,为纪念曹雪芹逝世一百周年,上影厂开拍《尤三姐》。童芷苓把弟弟童祥苓带进了摄影棚,让他和自己配戏。童芷苓在影片里扮演尤三姐,由于她对拍摄电影这套很熟悉,所以在机器面前泰然自若,游刃有余。你看童芷苓,怒点蜡烛,似醉非醉,热时放而不荡,冷是笑而生寒。特别是坐在桌上对那位伪君子的大段斥骂,句句含恨,字字喷火。那眼角的蔑视,眼梢的痛苦,眉尖的怒责,都表现得淋漓尽致。谁料,影片拍出来,还没和观众见面,就因当时的政治需要被打入冷宫,香港新装的大幅广告也被撤下来。童芷苓不明白,这出戏究竟因为什么不能上映?

　　说来,现代京剧《海港》里的方海珍最早是童芷苓出演,她虽然在京剧舞台上表演30年了,可谓驾轻就熟,但对政治这个大舞台却十分陌生。她深入到黄埔码头去体验生活,揣摩这位女书记的角色。没多久,心直口快的童芷苓终于憋不住了,在一次重要会议上说,码头工人有几个是女的,偏让个女人当书记? 玻璃纤维小题大做了,惹得当时在上海的张春桥好不高兴。十年动乱,童芷苓先遭劫难,在一次大会上,张春桥阴阳怪气地说,给童芷苓定个文化特务有什么了不起。会后,童芷苓被一伙人推到后台揍了一顿。张春桥刚折腾完,江青又来凑热闹,说,跟童芷苓一起过组织生活,可耻。就这一句话,没人再敢和童芷苓过组织生活,于是她被开除了党籍。一个大艺术家,天天在"五七"工厂糊信封,童芷苓默默忍受着。有人说童芷苓是打不死的童芷苓。

　　当乌云过去,是非颠倒回来的时候,童芷苓被上海交通大学请去清唱。童芷苓上舞台前腿脚有些哆嗦,黑压压的观众对她有些生疏。她清唱《沙家浜》里"智斗"的一折,扮演阿庆嫂。童芷苓把其中的一句大人小孩都熟悉的唱词"人一走,茶就凉",唱成了"茶一走,人就凉"。事后有人问她,这么熟的台词你怎么还唱错了? 童芷苓说,我有些紧张。其实我分析,她是对"人就凉"这句有切肤的感受。接着她又为大学生们唱了一段郭老那句"大快人心事"的名诗,此时她是咬牙切齿唱出"狗头军师张",唱时童芷苓还即性使了个麟派的身段。演出完,童芷苓回家,与家人团团圆圆坐在一起,包了顿饺子。吃饭时,女儿调侃她,妈,你把样板戏唱错了,江青要是知道,你又该倒霉了。

可惜，童芷苓后来在京剧舞台上演出的机会不多了，她感觉到自己老了。童芷苓到上海戏校当了一名顾问，而这时，童芷苓女儿正在戏校学习。应朋友叶楠的邀请，童芷苓在拍电影《傲蕾一兰》时，途经北京，与妹妹童葆苓演了几场，戏迷们半夜起来买票。在舞台上，童芷苓竭尽全力地表演，寻找着过去的辉煌，也弥补着自己生活的缺憾。这时，她的表演已经到了出神入化的程度，荀派的风格交融着其他的特色，除了身段不跟趋以外，那眼神，那腔调，那道白都表现出大师的艺术底蕴。观众热烈鼓掌，震耳欲聋的声音把她的演唱都淹没了。童芷苓边唱边流泪，泪水冲湿了她的粉妆。

后来，她为什么去美国，在美国又为什么那么孤独，我就不知底了。权当用这篇文章来祭奠她吧。

一座有广场的城市

　　不久前，我去了趟江西省南昌市。没去前就听说，除了北京的天安门广场外，全国第二大广场在南昌，也就是人民广场。到了旅馆，我就迫不及待地来到人民广场。广场确实是大，中间是八一起义纪念碑，广场被栏杆儿圈着，里边是绿茵茵的草坪。这时，夕阳的斑斓笼罩在广场上。我找个长椅坐定，眼前一片温馨，一对对情侣依偎着散步，黄昏的美丽把他们装点得很有诗意。其实，人民广场的四周都是繁华的商场和闹市区，远远地就能看到霓虹灯的闪烁，听到汽车喇叭的喧嚣。而恰恰在市内的中心地带，有这么一片安静的土地。

　　我凝视着八一纪念碑，中国的革命武装就是从这里诞生的。

　　我痴痴坐着，身边一对情侣在说着爱呓。一个广场给生活在都市里的人们提供了歇息的地方，那种城市拥挤感被悄悄融化了，于是有了联想，有了浪漫，有了憧憬。记得前年，我去大连，也是在一个广场，看见一群群鸽子在地上追逐，戏栖。我们走过去，鸽子也不惊慌，而是友好地在我们脚下吃食。那种安详感觉让人陶醉，觉得生活美好了许多。

天黑了，一组组迷离的灯光映照着广场。特别是一座特大的电视屏幕耸立在广场上，凡是在广场上的人都能清晰地看到。不少游客在欣赏着电视屏幕里的节目。离开广场，挤上一辆公共汽车，身前身后都是人，连腿脚都舒展不开。下了车，好半天都感觉还在被人拥挤着。城市人越来越多，马路上的汽车总给人以望不到边的印象。一年的夏天，我去上海，站在南京路的天桥上，望车流滚滚，人海涛涛。要是到夜晚，那车灯排到天际，若让诗人说起来挺壮观，可作为长期生活在城市里的人却越发憋得喘不过气来。

人活着，物质世界尽可填满，去尽情享受。但精神世界一定要留给自己一些空白，留一些想象，留得越大，越觉得生活的充实。我与南昌市市长吃饭时，与他聊起人民广场。他刚担任市长，恰巧和我同年同月出生，说起话来就无拘无束。我说，你千万别把广场给弄没了，盖上一座座高楼，那你就是千古罪人。给你的市民留个完整的广场，也留个浪漫的好去处吧。他笑笑，说，借给我一个胆子也不敢毁了广场，它是我们南昌人民的骄傲。酒喝尽兴了，本来没酒量的我竟喝下足有二两白酒。

天津原本也有个广场，尽管是不大，但在市民心里一直有个位置。以前也在这里举行过多次盛大的聚会，几万人肩并肩地在这里庆祝国家的节日。鲜花、歌声和微笑拥挤在这里。眼下广场没了，据说在原地要起一幢高楼。我曾透过百花出版社的窗户，看见原来的广场现已经成了一片工地，吊车的臂膀伸向天空。顿时，我空落了半响。我想，届时那里会留下个空地，会让大家在黄昏，从四面八方漫步到这里，与海河为伴，和夕阳为伍。青年们把爱情留在这里，让爱弥漫在空地上。中年人把疲劳扔在这里，带走欢乐。老年人把孤独留在这里，让生命延伸进晚霞。

一座城市没有广场，总是缺憾。

在罗马唱京剧

　　我去意大利的罗马已经是三年前的事了，天津民间文化在罗马的音乐广场进行展示，可以说是琳琅满目。我记得天津著名的京剧演员李莉夫妇就展示过京剧的服装，还有五花八门的脸谱，引来很多的罗马游客。我与李莉大姐比较熟，恨不得让她当众唱一段，一定会不同凡响，可惜没有伴奏的，唱起来会很单调。后来，四哥从欧洲招商回来，饶有兴致地给我讲述了他在罗马唱京剧的一段经历。

　　在罗马，他和同事们在招商过程中进展的异常顺利，签完合同，主人提出要隆重地宴请他们。接连跑了伦敦、巴黎几个地方，累得直不起腰，没有逛一个旅游景点。他们一直在吃快餐，吃得肠子都绿了。四哥他们随着主人到了罗马市中心一家豪华典雅的餐厅，大家对面坐着，紧接着是一道道复杂的西餐上菜程序，一道菜配上一道开胃酒。因为只有一个翻译，大家的语言不能顺畅沟通，气氛就显得很拘束。吃到了第四道菜，大家都觉得时间过得很漫长，肚子里已经塞满了不少东西。四哥打听到，后面还有三道菜没上来。这时候，如果说我们吃得差不多了，那三道菜就别上了，显然很不礼貌。可眼睁睁又没什么话可说的，刚才签字时的兴奋情绪在啰嗦的吃饭程序中几乎被淹没了。这时候,招商团的团长找到四哥,对他低声说,一会儿你要出个节目,活跃一下气氛。四哥还没明白,团长就郑重其事地站起来与翻译低语了几句。翻译高兴了,用意大利语迫不及待地说了半天。这时候意大利的客人都用惊讶的目光看着四哥,然后开始鼓掌,掌声弄得四哥莫名其妙。这时,翻译才用汉语说,我跟他们说,这里有中国的帕瓦罗蒂,可以引吭高歌。四哥顿时傻了,忙对团长解释,我不会唱歌,在意大利唱美声,就等于在鲁班面前耍斧子。团长笑着说,我没让你唱歌,我让你唱段咱中国的京剧,要正宗的裘派。

四哥恍然大悟,走到长桌的中间,对翻译说,我说,你给客人翻译。四哥说,中国的京剧行当里有生旦净末丑,我给大家演唱的是其中的净,也就是裘派。有专家说,中国的裘派和意大利美声的发音有相同之处,都重视共鸣腔的运用,就有了裘派是中国的帕瓦罗蒂之说。翻译干瞪眼没说话,四哥急了,说,你赶快翻译呀?翻译为难地说,你说的这些行话,我都闹不懂,怎么翻译呀?意大利客人见翻译那副窘迫的样子都笑了,于是有节奏地鼓掌。四哥想只能开唱了,于是咳嗽了两声,他抱了抱拳,有模有样地拉了架势,那天他张口唱的是裘派的代表作《姚期》。"号令一声绑帐外……"餐厅的四壁也很拢音,四哥的裘派似大吕金钟,把西皮导板唱得震天动地。四哥是戏迷,他爱裘派到了如痴如醉的程度,《姚期》这一段他每天都要哼哼几遍。紧接着他唱原板,"不由得豪杰笑开怀"。《姚期》讲述的是单雄信在临上刑场之前,把曾经为盟友的人都酣畅淋漓地痛斥了一番,唱出了"今生不能把仇解,二十年投胎我再来",这句经典唱段。四哥唱完了,他觉得自己脸上潮乎乎的,用手一摸竟然是泪珠。在场的意大利客人愕然之余开始热烈地鼓掌,招商团的同事们也用中国的方式喝彩叫好,酒席上的气氛再次达到高潮。

酒席散了,意大利客人都跟四哥挑大拇指,用敬慕的眼光看着他。当招商团的同事离开餐厅时,四哥对我说,他们都是挺着胸脯走的,他也感到自豪了,觉得自己过足了戏瘾,也给招商团增添了光彩。团长拥抱了他,激动地说,你就是中国的"帕瓦罗蒂"了。

感情是走出人生误区的航标

　　当前商业化的社会犹如万花筒,霓虹灯的斑斓、摩天大楼的宏伟、小轿车的穿梭、股票市场的起伏,无不能牵得人心驰神往。物质的享受升级,导致人们越发意识到金钱和权力的重要。于是不知不觉,人与人之间关系变得脆弱了,像玻璃杯子一样薄,经不起磕碰,大家精心挑选了一副面具,面具都在真诚地微笑,可后面是利用和占有。人世间的真情实感在拜物淡漠了。

　　我曾经到北方一个城市开会,我和当地的一个文友去一个叫求友的饭馆吃饭。我发现这个饭馆的生意很火爆,老板娘对顾客也热情之极,文友给我讲述了老板娘动人的故事。老板娘的丈夫是个十分鲁莽的汉子,很讲义气。他为了朋友去打架,一时性起,捅了人家致命一刀,结果,被判了无期。老板娘领着两个孩子,生活陷入到低谷。把该卖的全卖了,落个家徒四壁。她丈夫那个朋友悄悄躲了。就在她走投无路的时候,邻居们来到她的家,把凑来的钱交给她,嘱咐她开一个饭馆,这样能长久的维持生活。老板娘激动的面颊滚泪,扑通跪了下来。此后,她给饭馆起名叫求友。她把对邻居们的感激之情全都倾注到每一个顾客身上。几年后,我碰到那个文友,便打听老板娘的下落,他告诉我求友饭馆改为了谢友了,到这家饭馆的顾客越来越多。

由此可见,人生如果是一座房子,那么,感情就是房梁。没有了房梁,那房子就是一片废墟。人生如果是一条河,那么,感情就是船,载你穿过惊涛骇浪达到彼岸。人生如果是一泓清泉,那么,感情就是源头,送来取之不断的纯水……

中国有句俗话:"患难之中见真情。"人越到了危难的时候,才能体现出感情的重要。有人递给你一句火烫的话,握一下你颤抖的手,传一眼深情的目光,你都承受不住。记得十年前,我因为心高气盛,工作出现重大差错,挨了处分。那天我上班,看到报纸登出了处分我的消息。我那张脸皮被戳破了,自尊心被晾在光天化日之下。我疯跑在河边,徘徊了许久,觉得这辈子怎么过,真有跳河的心。当我晚上昏沉沉地回到家,愣住了,满屋子的朋友拢过来,信任地看着我。我哽咽了,朋友的感化拯救了我,使我重新燃起了生活的勇气。如今,每当我忙于官场的角斗,沉湎于所谓名人的地位和个人的切身利益,我妻子就让我回忆那段往事,说,你能有今天别忘了朋友们对你的真情。

感情这东西,金钱是买不来的,可谓无价之宝。平常不显,甚至让有些人鄙视。当你迫切索取它的时候,感情不是随便给你的,得取决于你是否对它忠诚。

感情这东西,不能到你需要它的时候再去拥抱它,尤其在当前商品社会,你要把它当成护身符,随时把它带在身边。

永恒的话题

男人和女人的话题是永久谈不完的,算来,从春秋开始就论,孔子说,孟子讲,随着时代的发展和演绎,男人和女人又有了新的解释。男人是披着狼皮的羊,女人是披着羊皮的狼。

男人往往在肉体上报复女人,女人一定在心灵上报复男人。男人喜欢女人漂亮,女人喜欢男人大方。男人容易肤浅,爱在女人面前故意显露自己的所谓才华和能耐;女人隐藏肤浅,爱在男人面前诱惑另一个男人,以示意自己女人的魅力。男人是泥,女人是水。男人与女人恋爱就是玩魔方,两个人的欲望和热情都是对魔方的过程,对出一面就增加了对出下一面的信心和勇气。当六面都对出来时,男人与女人就觉得没有意思了,立刻把刚对出来的魔方全部破坏掉,再重新去对。无限重复,无限轮回。

男人创造世界,女人打扮世界。男人如果邋遢,背后的女人一般爱打扮自己,女人显出邋遢,背后的男人比她还厉害。男人的心像大峡谷,女人的心像峰巅。男人进商场,买什么就直接奔柜台,买完以后就想走。女人进商场,有几层楼都喜欢转过来。男人邂逅喜欢的女人,总想说我爱你。女人见了喜欢的男人,不到一定程度绝对不会说出这句话。男人喜欢女儿,女人喜欢儿子。男人喜欢有女人味儿的女人,女人反感说话嗲声嗲气和爱翘着兰花指的男人。男人喜欢女人腿长,女人喜欢男人个高。男人喜欢在女人面前摆阔,掏钱时从不流露出吝啬,哪怕回家泡方便面啃咸菜。女人喜欢在男人面前打扮,也是美化自己的有力借口,六次约会能穿六种不同的服装。

男人是一棵树,女人是一根藤。男人坐出租车,爱坐女司机开的。女人坐出租车也爱坐女司机开的。男人有征服欲,女人有享受欲。男人欺骗女人往往漏洞百出,越描越黑,难以自圆其说;女人欺骗男人,会让男人心悦诚服,很少怀疑。当一个男人向女人诉说自己家庭不幸,或者夫妻不和的时候,就是向女人暗示着某种感情的介入。当一个女人对一个男人诉说周围有求爱者被她拒绝时,就意味给了这个男人被爱的可能。男人和女人,甭看有时打成一锅粥,但最后谁也甭想离开谁。男人怀疑女人一般表现都是急性子,恨不得马上就能知道真相;女人怀疑男人会很有耐性,如同高明的猎手不会强求立马打中,而是希望准确利落,一枪就能命中。男人能改变女人,而女人能塑造男人。伟大的男人大都受母亲的影响和熏陶。果断的男人可以用犀利的思维和敏锐的方法令许多棘手的问题迎刃而解,但在女人面前往往却束手无策犹豫不决判断错误。

男人和女人组成家庭,然后生男育女,繁衍后代,这是生命的定律。尽管一些欧美国家同性恋者组成家庭,那只不过是全部家庭的一部分。男人能干的事女人未必能干,比如翻砂,女人能干的事男人也做不来,比如刺绣。男人的潇洒是做给女人看的,而女人的风采则释放所有人。男人爱女人,爱得快速,弃得快速。女人爱男人,爱得缓慢,一旦爱了就彻底投入,昏天黑地。男人的幽默在嘴上,女人的调侃在眼里。有人说男人和女人是社会永恒的话题,是一切文化作品的主角。

一个男人的眼泪

　　赵永和是一个普通男人,却有一副普通男人难以做到的宽厚心肠,多大的难事都能咬碎了,默默吞在肚子里。他给自己定的格言是不奸,不坏,不贪,不乱,不吹,不拍。

　　说起他的家事,赵永和哪回都是回避,一个是说不出口,另一个是不愿意说。他有4个弟弟,1959年,在他上高中的时候,母亲突然去世。也就在那年,他的继母被父亲娶进家门。继母是与右派的丈夫划清界限后,带着个3岁的女儿再婚的。懂事的赵永和叮嘱弟弟们要体谅父亲,尊重继母。可没想只吃了一顿团团饭后,父亲就把赵永和叫到一边,为难地说,孩子,从现在起咱们分灶吃吧。赵永和没明白什么意思,只是吃惊地望着父亲。父亲低下头,说你带着弟弟们自己吃,我和你继母吃,这样对谁都好一点。赵永和这回清楚了,父亲和继母即将要把他们推出这个温馨的家,此后,家里的生活不会安宁。果然,一家人发现继母为人刁蛮凶悍,常常发火,骂起街来能吵得四邻不安。赵永和和弟弟们小心谨慎地活着,可没多久,父亲又一次和赵永和摊牌,说,你继母怀孕了,不是我狠心,我得照顾这娘俩,你带着弟弟们自寻他路吧。赵永和没再说话,父亲的眼圈红红的,孩子,让你们这么小就自己去生活,我也不好受啊,可是你父亲也不容易。父亲再也说不下去,赵永和明白继母为什么总是与父亲发火的缘由。他没有再要求父亲做什么,弟弟们岁数小,又不明白瞬间所发生的灾难。

赵永和眼巴巴看着父亲和继母离开他们,欲哭无泪,生活骤间把他推向低谷,他无法选择,必须要辍学,承担起养活弟弟们的重担。那年,他19岁,二弟16岁,三弟12岁,小弟才6岁。

赵永和什么杂七杂八的活都干了,给造纸厂拉小车运破席,替瓦匠搬砖活泥,去草帽厂缝女帽的带子,为装卸的汽车扛大包。赵永和抡过大锤,截过钢筋,拉过脏土。他坚韧地忍受着一切艰辛和屈辱,包括路上同学们对他的嘲笑。他每次想不干了,可回家看到三个弟弟那期待的眼睛,想法就崩溃了。后来,二弟见赵永和太累了,也辍学挨家挨户去给人家小孩儿推头,一人收一毛钱。可往往十门九空,颠颠一天也就能挣个三五毛钱。日子越过越艰难,没成年的三弟也辍学串街打片地卖萝卜。小弟上了小学,不忍哥哥们的辛苦,下课跑去拣煤渣,拾破烂。当时赶上国家困难时期,小弟营养缺乏,全身浮肿,大腿一按一个大坑儿。国家配给的黄豆没钱买,赵永和抱着小弟呜呜地哭,他恨自己无能。他发誓要多挣钱,于是就想到冰窖上去凿冰。

那个时候,凿冰的收入相对多一些,可在冰天雪地里所付出的辛苦是难以想象的。他一旦决定,就付出行动。为找到这个活,他狠心用积存的钱把副食本上四口人的一点点肉全买了,给冰窖的师傅送去。师傅默许他去拉冰,借给他一套工具:一根冰枪,一副脚齿,一副套绳。冬天刺骨寒心,赵永和大半夜去叫冰,自戳自拉,拖着冰块上跳板,每块冰有四五十斤重,一步步登上三四层楼高的冰顶。稍不留神,冰块就会滑下来,然后冰块牵扯着麻绳,麻绳再捆着人,就会一起坠下去,摔个鼻青脸肿。一块冰给一个竹牌子,也就合四五分钱。赵永和每次坚持拉6块,就能挣到三四毛钱。赵永和干活时不敢停下来,因为那夜风太冲,能把你的胸脯拍红了。每回他都咬牙干到凌晨,东方发亮。这时候他最累,也最饿,眼前常常发暗。他往往就蹲在冰峰下面能遮风的售票口,从怀里掏出块儿玉米饼子慢慢享用。有次,赵永和突发奇想,把一颗按钉悄悄按在售票口木窗台的下面,作个纪念。多少年后,赵永和携妻子再次来到这里,意外地发现那颗按钉静静地还在窗台下面,留下他人生那道艰深的痕迹。

三年自然灾害以后,国家的经济形势好转。街道介绍赵永和到水泥厂做临时工,每次推五六袋水泥从车间到库房。每袋水泥一百多斤重,可赵永和觉得也比推冰块轻松,因为他每月的工资终于固定了,而且收入也比过去多。可能上天觉得对赵永和太不公平,他才干了一个月,赵永和就被厂里调到实验室做了检验工。这时,有一位秀气的姑娘闯入了赵永和的生活。姑娘第一次到赵永和的家,看到的是病在床上的赵永和以及三个衣衫褴褛的弟弟,还有那里里外外破烂的一屋家具。姑娘愕然了,一腔的同情心驱动着她开始关心赵永和,给赵永和的抽屉里放饭票,塞馒头。赵永和回避着,他不愿意接收怜悯,也觉得眼前这位比自己小5岁的姑娘不会垂青自己,况且她周围有不少爱慕者。万万没料到,姑娘见赵永和迟迟不表态,便主动把爱情之箭射向赵永和。赵永和攥住姑娘的手时,脑海里还是一片空白。当时秋已经很深了,姑娘给赵永和的弟弟买来新衣服,她看赵永和在瑟瑟的秋风里还穿着两件薄单衣,又买来件紫色的绒衣。赵永和穿上,周身都暖融融的。眼瞅着要进腊月,赵永和一家的被子都很破旧。姑娘跟善良的母亲一商量,买来布,娘俩飞针走线做成三床簇新的被子送来。赵永和和弟弟铺盖着新棉被,外面刮着呼啸的北风,心里如照进一轮太阳。姑娘见赵永和上下班都靠步行,又花掉自己所有储蓄180元,为他买辆永久自行车。赵永和承受不了这一切,可看着姑娘那双投入的眼睛,拒绝的话涌到嘴边又吐不出来。这辆车他骑了30多年,妻子无数次动员他换辆新的,他都摇头,说骑着它有力量。

　　这位姑娘没有急于和赵永和结婚,而是在三个弟弟有了工作后才成为他的妻子。这一晃就是4年的光景,待嫁的姑娘能承受住这么久爱的考验,体现出女人的博大。俗话说:老嫂比母。赵永和的妻子把赵永和三个弟弟陆陆续续抚养成人,成家立业。弟弟们在大嫂呵护下,重新找到过早失去的母爱。

　　当赵永和成为父亲后,他的妻子说,你应该看看父亲和继母,过去的事就算过去了,不能总记着。赵永和的心一动,可他总也抹杀不了过去一幕幕的苦日子,那是怎么样熬过来的。当他和三个弟弟在四面透风的屋里忍受着饥饿和寒冷时,父亲和继母却抛弃了他们。他妻子找来三个弟弟,动情地说,你们平常都说听大嫂的,你们要听我的,就去父亲和继母那看看两个老人。毕竟他是你们的亲生父亲,给了你们生命,生育之恩是胜过一切的。那时他这么做,也有他的难处。当赵永和与三个弟弟出现在两位老人面前时,两位老人惊诧了,漫长孤独的心被一种宽容的爱弥漫着,眼眶被晶莹的泪花浸泡着。

1994 年,赵永和的父亲卧床不起。赵永和和弟弟们轮流值班照看父亲,赵永和的妻子说,父亲哪怕给你们一分,现在轮到你们回报十分了。四个兄弟精心看护着重病的父亲,眼看着父亲一天天的憔悴,病情逐步加重。都说久病床前无孝子,更何况父亲当年曾经把他们无情地推出门外,使他们成为流浪儿。但赵永和与弟弟们没有计较前嫌,在父亲的病榻前日夜忙碌着,输液、输氧。怕父亲躺久了生褥疮,定时为父亲翻身按摩后背,然后是无休止的倒尿倒大便,周围人都很羡慕这位老人有这么几个善解人意的儿子。一年后,老人在即将落下人生的大幕之际,对赵永和忏悔,我当年非常非常对不起你们,我把你们轰走,背地里也是……父亲实在说不下去,就哭了,赵永和与弟弟都哭了。守在父亲身边的继母深深地低下头,内疚是无法表达的。赵永和和弟弟们凑钱为父亲办理了丧事,父亲的抚恤金和邻里亲朋的资助,赵永和全都给了继母。他觉得继母做了父亲 30 多年的妻子也不容易。继母接钱时,手有些抖动。作为大哥,赵永和端着父亲的遗像,望着父亲的遗容,感慨万端。人生要学会的东西很多,但要学会宽容是很难的,需要人格的宏大力量。

两年后的清明节,赵永和与妻子给父亲扫墓。赵永和放声大哭,哭了许久。他妻子也陪着哭。他说不清楚为什么这样,觉得憋在心里那么多年的委屈需要倾诉,需要发泄。回去的路上,妻子说,你哭你父亲,你也是哭你自己。

如今,赵永和一家搬进了环境优美的华苑小区,两个儿子在父母的温暖下幸福地生活。

宽容是会得到回报,那就是人生的欣慰。

老百姓乘车的故事

由于总得上街办事,就总得乘车,发生故事最多的是出租汽车。当你坐在司机身边的座位时,总能听到出租司机不厌其烦地讲着他们的故事。有时,为打发寂寞,我也爱和他们聊天。我常问的一句话:外地人来到咱天津都爱问什么?司机们会笑着说,爱问,滨江道和平路在哪?劝业场怎么走?我问,那问得最多的是什么?司机们都笑着回答,你们天津的狗不理包子铺怎么塞在一个旮旯里,那么难找呀?

我与另外一个司机聊起黑出租,这个司机顿时义愤之极。他恼怒地说,在一家鞋城门口,管理人员不让我们停车,却都让给黑出租。他们互相勾连着,欺负我们。你说,我们合法的算是非法的,他们非法的算合法的,这还让人怎么开车。说完,他发泄地一劲儿直按喇叭。

那天,我到食品街和朋友聚会,在车上,有个当过车间主任的司机感慨地对我说,我不明白,裁人为什么裁到我头上。我给厂里作贡献,没白天没黑夜的,一觉醒来,成了社会闲杂人员。现在也好,自己开车,我谁也不管没气生,谁也不管我,也没气生。有个新华职大毕业的司机说,我是厂里的技术员,上了四年的大学,满以为能有番作为,没想到下岗了。开车就是个技术活,我那四年大学白上了,想起来就冤。可有不少司机却不留恋过去,说现在一个人开车多好啊,想什么时候开车就开车,不想开就不开。有个留着小胡子的司机说,我过去在厂里谁都管我,谁都想在我身上撒气。现在我多自在,我就是厂长,我就是主任。我要是看见不顺眼的乘客,我就可以不拉。我有回碰到一位女司机,长得很秀气。我上车就想找机会和她聊天,可她偶尔笑笑,很少说话,弄得我很尴尬。临下车时我忍不住问,司机在车上很闷,一般都愿意和乘客说话,你怎么那么特别呢?她红着脸说,我丈夫不让我和男乘客说话。我诧异地问,为什么呢?她低头,他总是告诫我,凡是男乘客和我搭讪的,没一个好东西。我气得扑哧笑了,说,这是哪家的逻辑?女司机不好意思地说,对不起了,我不想找麻烦。有了这次教训,我再乘车就尤其注意女司机的谈话,发现爱说话的少,大部分是你问什么她回答什么,尽可能的不首先发话,这可能是怕惹麻烦,戒备心强。其实,男乘客上车喜欢和女司机聊天并不是有何歹意,这也是天性。有位女司机,开始时我问她,你开车,你爱人干什么?她支吾了一会说,他没出息,家里呆着养鸟玩儿。我纳闷地问,为什么他不开车?她说,他以前是厂里的推销员,家里全靠他养活。后来,厂里黄了。他说,我给你钱,买辆车吧,你开车,养活我。都说开出租辛苦,可等着开出租的人成千上万,为什么呢?我多次询问司机,也从中算出一些道理。除去交的一些费用,出租司机每月能收入两三千元,这笔收入比起其他行业来说就比较丰厚了。有个司机对我说,以前我总想孝敬父母,可工资有限,再加上老婆的管制,带去一兜水果算是不错了。现在,开车赚钱了,能给父母买些鲜河蟹之类的。尽管司机有时爱发些牢骚,但对于收入也是满知足的。毕竟,想买些什么,不像以前那么犹豫不决了。有个司机这么比喻,钱是我们一轮子一轮子捻出来的,都是我们心血钱,我们赚得问心无愧。

有时,我中午打车或者晚上打车,常看见司机在车楼里吃盒饭或者是啃馒头。我问司机,就这么吃饭?大多的司机点头,很少的司机回家吃饭。我问一个司机,你不会下饭馆,热乎乎的多好。司机说,赚钱不容易,扔到饭馆心不忍啊。就是这个司机拉我到大营门,已经中午一点多了,他还没吃饭。我表明了一下歉意,他笑笑回答,干我们这行的经常饿肚子。那次,我去天津机场,司机开着开着就端起茶缸子吃药。我问怎么啦?他说,胃病。那次碰到位老司机,我说,您那么大岁数还开车。他说,我要给小儿子赚足钱,他得结婚啊。我发现他说话时,总下意识地挺腰。我就问,您腰不好受?他涩涩地说,开了半辈子车,腰都撑坏了。我就劝他,您老就别开车了。回家享福吧。他苦笑着摇着头,不开车,小儿子的婚怎么结啊,起码得五六万吧。这钱不是省出来的,得挣出来。

毕竟咱还是老百姓,常坐的还是公交车。天津有个闻名遐迩的8路汽车。建队40多年,是天津的一面老红旗,始终不倒。有回我乘8路汽车到天津车站去接客人,客人被我安排住在南开大学的招待所,他腿脚不利落,走起路来摇摇晃晃。我们蹬上汽车,那天车厢里乘客很多,座位都是满满的。我就扶着客人站着,细心的售票员发现客人腿脚不便,就轻轻招呼客人坐在自己位子上,她自己站着售票。客人说什么也不好意思坐,两人相让了半天,还是我的客人固执,依旧让我搀扶着。售票员见客人不肯坐,便急忙招呼开车的师傅,请他刹车时慢点儿,后面有位乘客腿脚不方便。当我和这位客人下车时,售票员从车窗里探出头,朝我的客人挥挥手,说,实在抱歉,没让你坐下。车开动了,我们在暮色中看着8路汽车消逝在街头。客人感慨地说,我坐了这么多年的公共汽车,这是我最感动的一次。

那次,我碰见几个老人结伴乘8路汽车,游览美丽的天津。因为8路汽车从天津车站出发,经过雄伟的百货大楼,新拓宽的卫津路,天津大学和南开大学两所著名学府,途径天塔、宁家别墅,最后到达体育中心。几个老人兴趣盎然地对我说,坐这么舒服整洁的8路汽车,看天津城,真还想多活几年呢。这里的清洁,就是具体热爱老百姓的一个主动表现,你心里没有老百姓,哪还会有清洁的车厢呢。8路车的服务人员提出一个十分温馨的口号:乘上8路车,都是好朋友,坐上8路车,温情处处有。驾驶员靳志刚长期照顾一位退休老人乘车去治病,感动得老人逢人便夸奖8路车队好,8路车队的人有爱心。天津钢厂的退休职工刘永成的家属,不小心把3万多元巨额的医药单据丢失,管理人员主动查找线索,历尽曲折,将医药单据送还给热泪涟涟的失主。东丽区一个女孩儿离家出走后迷失,被8路车队的职工偶然发现,主动护送,配合公安机关把女孩儿送回家。

我在上空飞翔

说到老百姓乘车,必须还得提一个话题,那就是按喇叭。

说起城市不让出租司机按喇叭,司机们说法不一。说实话,我家住在一条繁华的马路旁边,尽管有绿树遮挡,但每逢到晚上休息时,就会听到从窗户缝里挤出来阵阵吵人的车喇叭声。对此,我很不耐烦。几年下来,我虽然习惯了这种喇叭的骚扰,但往往很多的噩梦都是被人追赶,醒来时一身的冷汗。这时,首先让我心惊肉跳的就是马路上的喇叭声。前年,当我得知在城里不准行车按喇叭的消息时,晚上我特意感觉一下马路上的宁静。果然没有了喇叭声,耳边变得安静多了。躺在床上看书,任凭床头一盏小灯拂过,不知不觉便进入了梦乡。再次睁眼时,已是曙光铺床。没想到,喇叭不按了,给城市人带来那么显著的心理变化。

后来,我再乘坐出租车。问起司机,喇叭不按行吗?有一个中年司机对我说,刚开始时不让按喇叭,不太习惯,过了些日子就逐渐适应了。其实我们何尝不想让马路上清静呢,就是有时骑自行车的人在你眼前晃来晃去的,你不按,他就不躲开。逼着我们按喇叭。另一位女司机皱着眉头,不满地说,光让我们不按喇叭,让那些不懂马路规矩的行人更得逞了。你看看马路上这么多人,你不按喇叭行吗!这玩命按喇叭还不听呢,你再命令禁止,我们车就别想走了。我四哥刚刚获得了驾驶执照,他开了辆新车,非拉着我和父亲在新开辟的马路上逛逛,领略领略天津的变化。我坐在四哥的旁边,就一直揪着心,怕他这二把刀的司机出事。车开着开着,就听四哥说,以前没开车时不在意,现在一开才知道,这骑自行车的人太可恨了,到处乱窜,弄得你防不胜防。不让按喇叭,这脚就总得踩刹车。他话音未落,一个骑自行车的小伙子突然拐把,溜到了车头。四哥一慌神,一脚狠狠地踩下去,我父亲的头就立马撞在车棚上。后来,父亲下车后对四哥心有余悸地说,就这一回,我再也不坐你开的车了。我二哥从加拿大回来,我们谈起时,他十分感慨地说,在温哥华两年的时光,天天都那么安静。我问他,你就没听见司机私下里偷偷按喇叭。他惶惶地问,为什么要偷偷按喇叭,这是不可能发生的事。我固执地问,如果真的有按喇叭的呢?他回答说,那是可耻的行为,是受到别人蔑视的。

我问我们单位的司机,不按喇叭行吗?他回答,行。都不按,就都习惯了。就怕有不按的,有按的。这样,不按的也心理不平衡了。我说,不是有处罚吗。他不屑地挥挥手,光天津市就有好几百条马路,可有多少交通警察。想想,他说得对。仅靠处罚是无济于事的,关键要靠有力和完善的管理,要靠自觉的意识。我坐过一次出租车,车从我家附近的一条小道驶进去,一直顶到体育场。这条道没有交通警察疏导,也没有红灯绿灯。这个司机就一劲儿地按喇叭,他这举动使我很瞠目。他畅快地说,反正这也没警察,我按了就按了。可他这么使劲儿按喇叭,令我也不愉快,因为再听喇叭声,就感到刺耳,浑身不舒服。我劝他不要按,因为你按习惯了,早晚要被处罚的。他满不在乎地说,都按喇叭,我看警察处罚谁去,这就叫做法不治众。还有一位出租司机更有意思,我去距离市区几十公里的郊区办事。刚刚驶出市区,他就开始一劲儿地按喇叭,而且很有节奏。我问他,这是什么意思?他笑笑,总不按喇叭,心里空落落的,过过手瘾。

我不是出租司机,可能我体会不到不按喇叭的苦恼,可我已经体会到了听司机按喇叭的苦恼。我骑自行车上下班,每次都是车在屁股后面拱你,一劲儿按喇叭,吵得你心浮气躁。有一次,我可能是晃到一位出租司机,然后我知道不对了,就躲到道边上骑车,被我晃过的出租车把我硬是挤到便道上,差一点撞到墙上,他还耀武扬威地朝我按喇叭。我气得大声喝道,你这是欺负人!他又按喇叭说,你欺负我了,我就得欺负你了,让你小子明白明白,出租司机也不是好惹的,不能谁逮谁捏。我也来气了,把自行车横在他出租车前喝道,我骑自行车的也不是好惹的,不能让你撵得往墙上爬。另外我告诉你,按喇叭就有警察查你、罚你。出租司机恼怒地从车上跳下来说,你把警察找来呀,我还就是不怕,你能把我怎么着!说完,他又蹿上车按着喇叭走了。我想,当出租司机的不能用喇叭来发泄情绪。你寂寞了可以找乘客聊聊天;烦躁了可以开到哪个风景区,欣赏欣赏景色,开阔开阔你的胸怀;你和你老婆吵架了,你想撒气开车到郊外,朝着野地你喊你嚷没人理睬你;但你不能因为你闹心,看着车前熙熙攘攘的人群和车流你就使劲儿按喇叭发泄,那样会使你周围的人精神紧张。去年我在北京,亲眼目睹到一个从农村来的老大娘,被前前后后的汽车喇叭声惊得昏在马路中间,险些造成车祸。若是学校在马路边,你去问问老师,他们会怎么说,喇叭声把多少学生吵得浮躁不安。那一份学习的安静都让喇叭声给按走了。你再去马路边的医院问问，他们会怎么说，可能你使劲儿按一声喇叭，会把动手术的大夫吓得手颤抖，导致手术的失败。我再深一步设想，万一躺在手术台上的是你亲人，你的麻烦不就大了吗……

　　想想，不按喇叭，除了给城市带来安静外，更主要的是对一种城市文明的追求。我听到一个久闯江湖的出租司机对我说，在美国你不按喇叭行，人家那懂规矩。在中国的有些城市，不按喇叭就不行，喇叭按轻了也不行，即便按喇叭还不听呢。我听从西安来的朋友讲，那里早就不让按喇叭了，使得古都有了一种现代文化气氛。司机们也习惯，原本吵闹的街道沉静下来，那些古香古色的建筑也得到一种喘息。我最近去了趟成都，成都某一天宣布为汽车的休息日，顿时繁华的街面上人头攒动，没有了尾气的追随。西安和成都能做到，全国其他城市为什么不行呢。

　　围绕着老百姓乘车，故事真是说不尽……

预审了谁

　　创作《预审》这部小说很艰苦,在脑子里徘徊了许久,就是找不到突破口。我有几个好朋友,都在公安战线上工作。其中有两个是干预审的,听他们讲故事很有意思。以前我有过误区,觉得案子都是刑侦人员做的。后来我知道,干刑侦的只是一部分,一旦嫌疑犯进去,所有证据都是靠预审审出来,所有的案件结案都是预审在结尾。有的嫌疑犯进来以后不说,打死也不说,就靠预审审口供了。也有的进来后什么都说,就是不说真实的东西,也是靠预审工作去伪存真。再一个误区,就是刑侦人员参与破案,也参与预审。后来我知道,预审的一般不参与刑侦,刑侦的一般也不参与预审,各干各的,当然也有通融。那么,我们都知道刑侦人员,却恰恰忽视了预审人员。刑侦人员是真刀真枪的动真格的,预审就是动嘴皮子。可预审的嘴皮子不亚于动真刀真枪的,弄不好几句话下来就能把铁案子撬开。我的那个做预审的朋友,平常很不起眼,可一进到预审室,就有了精神,思维就活跃,就开始抖机灵。干预审的人有脑子,脑子绝对得快,分析的让你想象不到。可我这个朋友回到家就倒霉,因为他老婆总盯着他,让他防不胜防。其实他长得并不英俊,就是一个邋遢的人。我不知道他老婆看上哪点,这么盯着他，而且审他，我朋友哭笑不得。他说回家就松懈了，不想再动脑子，可老婆却得意洋洋地等着他，审他也是他老婆的乐趣。于是我就构思了《预审》，写了人生的两面性，写了人的伪装，写了人的贪婪，写了人的致命处。预审就是一把尺子，量着的都是原则。小说写了不少了，写这篇《预审》很难，常常写着写着就写不下去了，我都不知道下面的情节怎么发展。最难的是，预审的两面较量怎么进行。我只听过一次预审，觉得也没什么精彩。无非就是一问一答，老实的人几句话就能道出实情。我朋友不让我听，说，不想让我知道他的能力。后来我问别人，别人说，你朋友就知道吓唬人，可我朋友说，吓唬人也是本事，你让他吓唬试试，看能吓唬出什么。我朋友说，双方都想让对方败下来，那就是打仗啊。我写了两个月才完成，我修改了一个月。我觉得不满意，总觉得不深刻，不如我想的那样精彩。想想，这也许是我没生活。我磨朋友好几次想听他的预审，但都被拒绝。我知道那可能是一个底线，冲进去了就会发现真谛。

在长春喜遇的第一场雪

去年冬季,东北就憋着一场大雪,可是始终阴沉着脸没下来。我从哈尔滨赶到长春的时候突然天降大雪,瞬间马路就被染得雪白。记得几年前到长春赶上了秋季,道路两旁的树木给我留下了印象,那就是挺拔。事隔几年再到长春,发现道两边的树木虽然已经凋零但依旧显得茂盛,树枝被雪覆盖起来,如一把把巨大的伞。在长春呆了两天,还是抽时间去了长春电影厂,依旧还是那厂房是那场景,变化不大。走出长影就好像穿过了时光隧道,进入了一个现代化的城市。当地的朋友领着我到了一个花卉市场,我看到那里人很多,这让我很惊奇。人们在一个大雪天里惬意挑选自己喜欢的花卉,女人在花房里也演绎着美丽。晚上,我去了东北风二人转剧场,坐在了前排。那天的人也很多,很多老人坐在我旁边,喝着热茶,磕着黑白瓜子,饶有兴趣看着表演。长春二人转的水平应该很高,有点荤,但不黄,表演很精彩,一个人会很多绝活。台下的观众很懂,就像天津观众懂得听相声,在哪鼓掌,在哪喝彩,都恰到好处。我旁边的老人笑得前仰后合,我想他们就是来笑的,在笑声中体味着后半辈子的幸福生活。二人转的表演从晚上七点半开始,一直到十一点。其实就是那么十几个人表演,很是投入,丝毫不耍滑。看着他们满头大汗，可脸上都是灿烂的笑容。快走出剧场前，回头看人群在身后涌动着，演员们依旧在台上谢幕。门口的车因为下雪缘故挤成一团，我抬头看雪大如片的潇洒，依旧没有减弱的趋势。在长春的战友告诉我，长春的雪就是几天几夜下不完。

我临别那天，雪依旧在下。战友们找了一家地域特色很浓郁的饭馆，吃着东北饭，喝着东北酒，就觉得身边都是东北话，连骨子里都浸透了东北的风道。走出饭馆，觉得还有很多话要说，就在繁华的马路上乱走。我看到一些漂亮的女孩子还都穿着裙子，在风雪中点缀着靓色。长春饭馆很少有空的，隔着玻璃看里边，人们都在兴高采烈地吃着喝着说着，似乎有很多话在说，眉飞色舞。我知道老百姓有不少愁事，但表情能看出满足。雪天在长春打出租车很难，但上去就感觉司机都是导游，给你讲长春哪好，应该到哪看看。我要到哪去，司机会给你抄近路，不让你吃亏。告别长春那天中午，我吃完饭对当地文友提出到书店看看。文友领我到一家公园，而公园前就是书店。书店不大，但里边的书很丰富，虽然中午了，但看书的人还不少，大都是年轻人。我在里边找到了一直喜欢的林语堂散文集，就在那阅读着。窗外雪花轻轻地飘，雪花能让人安静，读着就陷入一种安然的情绪里。等我读完看见文友在我身后静静站着，我不好意思，他说看你读书的感觉不忍破坏。就是这位文友转天早晨起来赶过来送我去机场，一直送进了安检门。我回头看着他，还在朝我招手。我觉得长春人那种实在让我心里暖烘烘的，我在天津落地时看到的是晴朗天空，顿时想起了长春那雪花满天的情景。

国外打工拾零

　　我的侄女在国外生活了十几年，开始在英国，后来全家移民去了加拿大的温哥华。她每次回来，我都愿意和她聊天，谈她在国外的生活和所看到的情况，最多的是国外的打工。

　　她在英国头几年读书时，做过保姆、家庭助手、办公室清洁工，也送过报纸，还在大学里教过台湾学生英文。她说，现在国内一说打工就是洗盘子，其实有些偏见，洗盘子只不过是打工的一小部分，打工的项目很是丰富多彩的。在英国，不同国籍和不同皮肤的人打工是司空见惯的事。年轻人特别是学生乐此不疲，就是一些老人小孩也常来凑热闹，以此来增加零用钱。学生们一般爱在餐厅或酒吧打工，因为那里的工作时间与上课井水不犯河水。还可以做的就是送报纸。一般是大清早为自己邻里送报，骑着自行车在住宅群里跑来跑去。我哥哥和嫂子后来随侄女去加拿大温哥华，两个人"遛早"的时候，就常常做送报的差事，遛着弯，然后把报纸准时插到邻居家的报箱里，熟识的还打个招呼，显得很惬意。但是也有受罪的时候，刮风下雨，也得从暖被窝里规规矩矩爬起来，因为人家付给你那份工钱，就得按时看报。侄女说，老人们在国外做清洁工的较多,办公和商业机构也觉得他们责任心强,常能持之以恒,年轻人对掸土吸地这类细活不感兴趣。

中国留学生在英国打工很有自己的特点,首先身份不同决定了打工的时间和精力有异。公费生因为有奖学金,衣食住行能有基本保障,打工只是为了积蓄和消费,不想再多花时间,也不舍得拿出更多的精力,多以计时工为主。自费生要靠打工挣学费,所以相当辛苦,不分春夏秋冬。说到自费生,我想起另一个朋友,至今在文坛上很活跃的鲍光满,他的父亲是中国著名学者作家鲍昌。鲍光满在德国留学,在餐馆里给顾客端啤酒,需要两只手在啤酒龙头下准确无误地把啤酒斟满,不能溢出。然后再两只手端着送到餐桌上,还要做到滴酒不洒。他诉苦说,每天晚上回到宿舍,胳膊都抬不起来。你要是在啤酒龙头底下没接好,流到外面多少都要从你的打工费里扣出。他说,经常有女孩子做这种事情,两个月下来胳膊就抬不起来了,急得呜呜直哭。

留学生们也会遇到些新鲜的工种,侄女说,她在圣玛丽学院的一位大陆同学老乔就曾看过狗。说来老乔和这只棕黑色的狼狗还挺有缘分。主人在当地报纸上做了几次广告,来应聘的不是被狗的块儿头嗓门震慑,就是狗对之爱理不理。也许是老乔大西北人的豪爽和粗犷产生了力量,总之,那狗是一见钟情,连舔带亲。主人当然毫不犹豫地雇佣了他。老乔的这份工实际上是美差。主人是个单身贵族,平日上班需要人照顾他的宝贝。每周两次老乔就来他家遛狗喂狗。在侄女学院对面有一个大花园,里面的草坪一片碧绿,花坛点缀其间。旁边潺潺流过的泰晤士河水带来一片清凉,使岸边的一排柳树风姿婀娜。每次侄女到这里散步看书,常看到老乔带着他的狗朋友逛风景。狗在草地上尽情奔跑,任意追逐其它的狗。老乔或柳荫下读书,或四仰八叉躺在草地上晒太阳。偶尔会有小哈巴狗的贵太太主人跑来算账,因为狼狗欺负了她的狗儿子。往往这时候老乔就要替主人和狗鞠躬道歉。碰上狗淘气时,还要把狗的排泄物收到垃圾筒,这怕是老乔美差的不美一面。

我和不少出国留学的朋友聊天,说打工也是提高外语水平的好机会,这样能找机会走进寻常百姓家,步入当地的社会。侄女交下几位真挚的英国朋友,其中到麦克佛森太太家做过保姆,三个吵吵嚷嚷的孩子把侄女围得团团转。生性热闹的麦克佛森太太觉得眼前的孩子少,还不过瘾,除了自己又怀孕之外,又让侄女把她的孩子也接来,不同肤色孩子们在草坪上跑来跑去,麦克佛森太太看着很幸福。不论谁的孩子过生日,都是她买好蛋糕,一家人在生日蜡烛温暖的照耀下,合唱《祝你生日快乐》,家庭气氛融融。

西瑞特太太是侄女另一个忘年交,也是在打工时结识的。侄女在报纸上看到一则征聘计时工的广告,觉得合适就跑去应聘,按照西瑞特太太电话给的地址,早早找到她家。这是泰晤士河旁一座两层的建筑,外表看似一座大宅,里面实际上是几套分开的公寓。楼前的花草都经过精心的修剪,整个环境宁静祥和,真是颐养天年的好居处。四点钟整,侄女按响了门铃,开门的正是西瑞特太太。清瘦而气质高贵,淡黄的卷发一丝不乱,合体考究的连衣裙透着主人的严谨。她那爬满皱纹却很白皙的脸上挂满了慈祥的微笑:"你很准时,这很好,快快请进。"走进屋,侄女情不自禁暗自感叹这屋如其人。房间按英国标准都不算大,但收拾得井井有条。每面墙上都挂着刺绣或壁挂等艺术品,都是西瑞特太太的杰作。起居室的柜子里收藏着古董和水晶器皿,其中不乏东方艺术品。卧室中的家具也是中国大漆雕花的。整个公寓文雅整洁,可谓一尘不染,侄女有些迷茫,老太太何以掏钱雇人打扫这近于完美无瑕的公寓?西瑞特夫妇已年过七旬。退休时卖掉了大洋房,在泰晤士河边特意建造了这座楼。他们选择了其中最好的一套公寓,其余就出租,完全靠租金安度晚年。两人只有一个女儿还远在威尔士,逢年过节才回来看他们。他们酷爱艺术,喜爱东方古老文明。几年前曾双双到中国旅游,带回不少艺术品,有着成摞的相册和永远说不完的中国话题。也许因为侄女来自中国,中国这个话题使她们谈得很投机。每周三的下午侄女准时去西瑞特太太家,给她的收藏品掸土吸尘。一小时刚到,老太太的茶水糕点已经准备好,无论侄女干到哪里都必须要停下来,一起喝茶聊天,半个多小时总是在不知不觉中流走。侄女继续做卫生,规定的两个小时一到,必须要停下手里的活,否则西瑞特太太会不高兴。告别时,西瑞特太太准会把两小时的报酬塞进侄女手里。

就这样,侄女从秋到夏,过了暑假又到了圣诞,风雨无阻,以东方人的勤劳打动着西瑞特太太的心;而西瑞特太太也以她的博才和友善感染影响着侄女。西瑞特太太把收藏很久的书赠给侄女,侄女也回以中国的湘绣和剪纸。后来,侄女因为其他原因不得不辞别西瑞特太太,两个人拥抱在一起,谁的脸上都滚下热泪。

前不久,我哥哥嫂子从加拿大回来。聊天时,哥哥说,现在不少家长把孩子送到温哥华学习。这一代人打工的不多了,都依靠着国内的父母寄钱。曾经有个父母怕孩子到了国外没有饭吃,竟然让孩子扛了一箱子方便面走出飞机场。甚者还有带大米的,说孩子吃方便面多了厌烦,带大米能长远。他看到一个男孩子,不愿意住集体宿舍,随意就买了台电脑,然后动了买车的念头,花钱时一点也没心疼的样子。开始,我哥哥以为是有钱人家的孩子,没在意。后来,得知他的父母在国内就是一对普通的教师,哪次给他寄的钱都是积蓄。积蓄花没了,父母就找别人东借西凑,甚至开始卖血,但从来都没有对孩子的伸手说声"不"。哥哥感叹地说,靠父母的钱在这里留学生活的不少,真正靠自己打工的不多,可父母那点儿积蓄能供他们多久呢? 他们花钱的时候怎么就不知道心疼呢?

在国外打工的故事可以说林林总总,想必以后打工不会像初期那样艰辛了。我觉得,打工的本身或许会磨砺人生,支付给打工者一种精神财富。许多的成功者都是从打工开始做起的,打工能打出名堂,还有什么做不成的事情呢。

男人其实很忧郁

到青岛出差,在书店里买了一本美国心理学家泰瑞斯写的《男人其实很忧郁》。随后翻了翻,其中一句话很震动我:忧郁并不是一种真正的感觉,而是一种麻木、无感觉的状态。今年清明过后,我去墓地看望了父母,觉得异常的孤单。本想独自去程林庄殡仪馆,再去看看大哥三哥,但因为忙就搁置了。想想,有好多年没有去祭奠他们了。大哥出差上海,猝死在饭店里。接着母亲心律衰竭,等我赶到已经命赴黄泉。转年,三哥从上海出差回来,半夜接到电话,三嫂告诉我三哥突然不行了。我匆忙到三哥家,送往医院的途中,三哥拉着我的手说,"我不行了,我走了以后你们别难过。"结果,抢救了近五个小时,三哥也追随大哥和母亲去了。在家我最小,母亲疼我,大哥爱我,三哥怜我。我被包围在浓浓的亲情氛围中,骤然间,血液被分解,手足被截肢,人生的失落和孤独袭上心头。

春意浓了,我便拿出相册,寻找往日的欢乐和温馨。我看到我在母亲怀里,很大的男孩还让母亲慈祥地摸着脑袋,表情天真。照片是我三哥拍的,是他按动了快门,留下了难忘的时刻。我看到了我和三哥在北京照的相片,我那时穿着军装在北海白塔下,那次三哥到北京看我,问我最想吃什么？我嘴馋是全家都知道的,我盼着三哥来看我,实际上是想美餐一顿。于是我们来到北海餐厅,我挑了一个清蒸鱼,香津津吃着,而三哥则爱怜地看着我,很少动筷。那条鱼当时有十几块钱,三哥当时的工资只有几十块钱。我看到我和大哥在佟楼花园照的相片,那时我还小,大哥拉着我的手,脸上绽开了笑靥。

我看着眼睛模糊了,便不忍心再看下去,把相册全锁起来。于是我闷坐在桌前,感到了人生的孤单。我很想找个人能聊聊,把我心里的那股思绪一股脑儿地倾泻给他,能得到他的安抚,哪怕是一个眼神一个手势,我的心情就会轻松下来。我急匆匆地找出通讯录,上面密密匝匝地写着许多朋友的电话号码,我从头翻到尾,没找出一个能通话的。倒不是这些朋友与自己有什么隔阂,而是觉得自己为什么要把这些愁绪转嫁给他们呢？再者,朋友们能有空儿听我无缘无故地诉说孤单吗,以为我没事矫情。

我悄然走出家门,来到近在咫尺的天塔湖。夜色朦胧,湖畔静悄悄。我独自走着,猛然看到一对恋人在湖畔的石栏边拥抱着。我本能地想低头快步过去,可下意识地驻足忘情地看着他们。他们很投入,爱得那么炽热那么纯情。他们接吻了,背后的湖面泛起了天塔映下来的五颜六色的光斑,衬托着他们诗一般的爱情。我蓦地体验到人间的美好。我返身走了,走出老远回首望去,他们依然晃动着年轻的身影。午夜,我被电话铃声叫醒,睡眼惺忪地接过电话,是一位朋友打来的。他说,清明了,怕我孤单,打电话聊聊天。我拿着话筒半天没说出话,一股暖暖的感觉漫布全身。我曾经说起家里三位亲人相继去世的事,以为说完就完了,没想到朋友记住了。我淡淡地对他说,没事,真的没事。他听了很轻松,说,你做好准备,亲人将陆续离开你,你要学会忍受孤单。你是外表开朗的人,其实你骨子里忧郁得很。越是事业心强,越是孤单得深入。

早晨起来,阳光透过窗户铺在了我的床上。望着窗外天塔湖忙忙碌碌的上班人群,我心情豁然开朗。想来生活总是这样,有阴有晴,有喜有愁,有吉有灾。人活几十载什么都能碰到。想开了,什么都好办了。可是说来,喜是一种享受,愁也是一种享受。喜有喜的味道,愁也有愁的滋味,咖啡苦,喝着喝着就甜了。蜂蜜甜,吞多了也就苦了。我一个文友的孩子结婚,我送去了一份贺礼:一个电动玩具,只要一按开关,一对小孩就亲亲热热地接吻,一副顽皮活泼的样子,在商店,营业员给我表演时,我开心地笑了,笑得竟呛出了眼泪。

你说,人活着多有趣呀,还是少忧郁点好。

我烫煳了红彤彤的选集

我进新华印刷二厂的时候才 16 岁,分配在装订车间。我第一次进厂觉得看哪都新鲜,带我的师傅姓杜,我穿上背带裤工作服,就觉得自己不再是学生,身份变成了工人。那时厂子正在印刷红塑料本的毛泽东选集,我负责烫背,说白了就是把内文和皮子用糨糊粘连上。我面对的机器是烫背机,脚下一使劲儿,咣当一声就把内文皮子挤压上,烫上不一会,觉得粘连上了,脚下一松开就算烫完了。那么烫多长时间算粘连上了呢,全靠感觉了。烫久了就烫糊了,烫短了就粘连不上,还得重新烫。我看着一摞摞的红色毛泽东选集,那真叫心潮逐浪高。杜师傅还没怎么给我讲解明白,我就已经把一摞选集迫不及待地放在滚烫的机器上,只听咣当一声,就把一摞选集挤压在机器里边。杜师傅见我急性子忙叮嘱,千万别长了,火候要看颜色。我问杜师傅,怎么看颜色。杜师傅说,其实就是闻,一闻到糨糊的味道发香了就赶快取出来。我光顾着跟杜师傅讨教,谁知杜师傅脸色变了,说,你快松开机器,皮子颜色发黑了。我赶紧去松,可脚丫子就是松不踏实。好不容易把那一摞选集取出来,冲鼻子的焦味就杀过来了。杜师傅说,不好,烫糊了。我看原本鲜红的选集都成了黑地梨,20 多本全部报销了。杜师傅看看四周,发现组里工人的眼睛都齐刷刷地铆在了我身上。那年代就是处处制造政治气氛的年代,车间贴的都是上纲上线的大字报,你打我,我骂你。我刚从学校走出来,把红彤彤的毛泽东选集烫糊了,说大了就是小反革命,谁喊一嗓子就可能把我揪上去批斗。我看着杜师傅,杜师傅看着大家。那时空气似乎凝固住了,谁点根火柴就能立马燃起来。杜师傅喃喃着,不是我徒弟的错,是我没有教好。大家的视线忽然离开我,自己闷头干活。杜师傅赶紧低头把烫糊了的皮子一张张地撕,嘴里叨叨着,你也快撕呀。我也蹲下来帮助撕。我觉得撕皮子的感觉就像扯我的脸皮,疼疼的。很快,二十几张皮子让杜师傅悄悄拿走了,怎么处理的我不知道,只觉得脸一直在烧,烧得我也有了糊焦味儿。

我是新华印刷二厂宣传队的最小队员,主要是伴奏打扬琴。新华印刷二厂有不少是从艺校毕业过来的,个个都能歌善舞。就在我烧煳了皮子的当晚,宣传队排练样板戏京剧《沙家浜》。我看见杜师傅也在底下看热闹,就起劲地打扬琴,杜师傅给我鼓掌,我就开始眉飞色舞起来。休息时,我听见有人过来问我,是你把选集给烫糊了吗。我惊诧地问,谁给你说的?那人说,你别管谁说的,你就回答是不是吧?这个人很爱唱高调,动不动就大声唱革命歌曲,显得雄赳赳气昂昂的。我不知道怎么回答,杜师傅也没说话,我的表情很僵硬,于是我就跑去打扬琴,打得琴弦都当当的,像是在敲钢钉。那人不依不饶,走过来问,你回答我是不是把选集烫糊了?我仰起脸,说,是烫糊了,你把我怎么样?我看见杜师傅的脸色已经跟白灰一样,她想过来又不敢挪脚,我记得她出身不太好,就怕人家揭短。宣传队长是个老工人,过来对那人喊着,我们排练样板戏,你搅和什么!这句话说得那人一趔趄,接着唱郭建光的师傅也嚷嚷着,你再捣乱就抓你小子!那人灰溜溜地走了,我的眼泪即刻滚下来,全体排练人开始演唱《要学那泰山顶上一青松》,唱得大家虚气,实气,阳气,清气,浊气,反正是气体都让它流动喷涌。

一年后,我离开新华印刷二厂去了部队。临行前,我告别杜师傅。我规规矩矩给她鞠躬,喊了声师傅,已经泣不成声。

我所喜欢的美丽女人

上小学的时候,我特别爱看王晓棠演的电影,比如《野火春风斗古城》《海鹰》《神秘的侣伴》等。可能是喜爱她那一双有内容的大眼睛,她望你的时候,总有一种震撼感。我那时所处的时代就很单纯,脑子如一面镜子,没有杂质,更不懂什么追星赶月的,就是爱搜集她的照片和有关她的《大众电影》杂志。当时,王晓棠总是和王心刚合作,我就猜他们会是夫妻。于是,我甚至有时斗胆想过,将来长大以后,若能找到这样的女人做妻子,哪怕是一天我就终生满足了。没多久上演电影《奇袭》,有知情同学告诉我,其中演那个坏蛋的,大脑袋小眼睛的就是王晓棠的丈夫。听后,我别扭了多日。我痛苦地说给母亲听,母亲劝慰我,自古就是好男无好妻,赖汉娶花枝。

在部队期间,经过十年的浩劫,我记得在部队大操场看了一场电影《刘三姐》,那天晚上看电影的战士们大约有几千人,看到银幕上的刘三姐,下面的几千人鸦雀无声。我顿时又被黄婉秋吸引,觉得她长得太漂亮了。尤其是她对阿牛演唱的"世上只有藤缠树"那场戏,把在场的几千人唱得魂飞魄散。这时正值我风华正茂的时候,看完电影,一夜无眠,脑子里总是黄婉秋那双深潭般的眼睛,耳边总回荡着她婉转动人的歌声。早晨起来的时候，我发现周围人眼圈都是黑黑的，我们谁都没说，但谁都知道没睡着的原因。我感觉一个美丽的女人就是一道美丽的风景，也是一部字典，总也翻不完，让你永远受益。后来，我去广西桂林出差。在一家珠宝店看到了黄婉秋，她是那里的老板。黄婉秋胖了许多，也显得臃肿。看着她跟这个顾客合影，与那个顾客寒暄，我脑子里原先的黄婉秋形象打了折扣，觉得很失望，脑子里保存的美丽女人形象被破坏了。我明白了，美丽女人要定格在你脑子里，需要珍藏在你的记忆里。不论过多久都不要去摇晃她，再拿出来的时候她会变化的。

一个男人只要思维还正常，就会喜欢美丽的女人。

一晃 50 岁了，觉得没了浪漫，也失去了想入非非的兴致，好像周围没有什么值得向往的美丽女人。我有些恐惧，怕自己长时间的官场角斗，还有长时间的平静家庭生活，消磨了那份冲动。眼下，漂亮的女歌星、女明星多如牛毛，马路上一眼望去也是佳丽如云，比过去王晓棠、黄婉秋的时代丰富了，眼花缭乱了，可过去的那份动情动魄再也没有。

别不是美丽的女人见多了，就美丽不起来了。

今年我和文友们去泰国旅游，看了一场高水平的人妖歌舞表演。那一台的漂亮佳丽让你眼晕，后来我琢磨出来，他们不是美丽的女人，他们是装扮成美丽的女人的男人。我突然想，美丽女人是不能装扮的，因为装扮的美丽其实是不讨人真正喜欢的。由于工作的关系，我和演艺圈里的女人接触多了，聊天的机会也多了，发现她们缺点的机会也多了。那次和一位走红的女演员谈她主演的一部电视剧，她因为这部电视剧而走红。没几句，就发现她对这个角色的理解肤浅粗糙。想来，她能演得那么出色，估计是导演为她掰开了揉碎了讲怎样表演。记得在 90 年代初，我到北京开全国青年作家会议。快结束时，主办单位请了中国模特队来表演。当时，我们住在二十一世纪饭店，也是个五星级的宾馆。晚上，在五颜六色的灯光映照下，模特们款款上台，霓裳如夕阳，斑斓夺目，她们没有表情，如雕塑一般。我被为首的一个名模所倾倒，纤细的身材，披了件黑色的斗篷，张开双臂，脸上流露出圣洁的感觉，让人陡然产生一种走进教堂，面对圣母玛丽亚的幻觉。我环视四周，见不少作家的眼睛已经被牢牢拴住了。可以推测，这个名模会让这些跨世纪的中国男作家们心驰神往几个晚上。

后来,我知道了这位吸引众多男作家眼球的名模就是瞿颖。

美丽的女人要有美丽的内在,才能使她更美丽。前不久我去海南三亚,得知环球小姐的选美决赛在那里举行,心里却很平静。看那些准世界级的美丽女人,却怎么也兴奋不起来了。现在美丽女人被商业所操作,越来越不真实。而美丽女人因为美丽,也成为了一种商品在交换。

我还是执著地喜欢我的美丽女人。这一年,我开始喜欢中央电视台早八点新闻的一位女主持人,觉得她给你在报新闻,但更像是与你在交流,因为她总是冲着你微笑,让你一天有个好心情。我妻子也很有意思,只要她一出来就喊我,说你喜欢的主持人出来看你了,你快看啊。长久了,我妻子也喜欢上她,总拿她与别人比较,说她如何如何清纯,那双眼睛如何如何传情。

说起主持人,我喜欢广播电台《歌声传情》节目里的乔飞。前几年,几乎每晚的七点,我都到天塔湖边散步,随手捡起个半导体。夕阳西下,染得湖水一片辉煌。湖畔那一片片高楼,装点得气气派派。我走得很慢,咀嚼着美丽的时刻,收听广播电台《歌声传情》的节目,听女主持人娓娓的声音,品一首首动情动魄的歌曲,心情骤然变得开朗起来。那天,我等到天黑,天塔放射出斑斓,我听十分喜欢的美国著名歌星惠特尼·休斯顿演唱的《最伟大的爱》,湖面金光如鳞,歌声让我陶醉,我享受到生活的乐趣。以后我就天天黄昏在天塔湖散步。虽然天天有黄昏,可天天黄昏的美丽不同。我在散步时,别的什么也不想,就是听《歌声传情》,欣赏女主持人给少男少女们讲如何对待爱情,刚开始听时想笑,后来觉得从中能分享一种浪漫。再到后来,我知道了女主持人的名字叫乔飞。不知道怎么回事,我喜欢上这个乔飞。以至于妻子都鼓动我给她写封信,表达一下自己的心情,我知道妻子是调侃我。在我心里勾画出乔飞的美丽,我可以海阔天空的想象她,怎么美丽就怎么想象。后来,我在电视台举办的一次谈话节目里看到了乔飞,胖胖的脸庞,短短的头发,相貌很一般。我又一次失望,我觉得那天根本不应该看电视。如果我不看电视,乔飞不还是在脑子里那么漂亮,那么让我想象吗。

看来,美丽的女人是可以想象出来的,可能会比见面的美丽女人更加美丽。

由此,我还有救,因为,有出息的男人是不能没有美丽女人做精神依托的。

宠物与流浪

那天一早上班,突然发现在楼梯的窗台上趴着一只猫,浑身的毛很脏,喘气都很艰难。我慌忙告诉物业的老张。老张告诉我,这是某某楼扔出来的,这条猫怀孕了。本来在外边的树丛里呆着,因为昨晚气温骤然下降,跑到楼道里取暖。我诧异地问,某某楼为什么扔出来呢?我恍惚记起这条猫,曾经被某某楼的一个女士抱着,亲昵得不得了。老张悄悄说,两口子闹离婚,天天吵架,这条宠物就成了他们发泄对象。后来,那女的一气之下走了。男的就把这只宠物猫毫不客气地扔了出来。我没听完这个故事就上班了,晚上回来看见那只猫依旧在那窝着,眼睛眨巴眨巴地看着我。我比较怕猫,就惶惶地离它而去。半夜,我被猫的叫喊声惊醒,听见好像有人把它强行抱走了。我的鸡皮疙瘩起来,因为猫的声音很吓人,像是一个婴儿在啼哭。转天,我又问物业老张,老张说,不知道谁抱走的,我问是不是那女的?老张摇摇头。我很纳闷,两口子吵架,碍猫什么事了。

几次坐出租车,都碰见流浪狗在路上蹿来跳去。起初,我辨别不出来是不是流浪狗,总以为后头有主人跟着。但出租司机都很敏锐,判断准确。他们说,只有流浪狗才在马路上蹿来跳去的,有主的狗都不会这样,因为主人那条牵着的绳子很紧。我小心翼翼地问司机,轧死过流浪狗吗?司机大都回避,但碰到熟悉的会说,轧死过,轧完了不敢停车,赶快开走。我想这些流浪狗以前也都是主人的宠物,平常儿子孙子这么叫着,甚至抱在床上一起睡觉。估计宠物被主人流放了,不是宠物招惹主人了,是主人不待见了。我有个朋友曾经跟我说,他回家就碰见了一条流浪狗,瘸腿,估计是被主人打的,或者自己摔了后被主人遗弃。这条瘸腿的流浪狗见了他就跟着他,每次都跟他上楼,看出来是想跟他进去。我朋友关门的时候就心发酸,他想带瘸腿流浪狗回家,但知道老婆会反对。原因是老婆曾经养过宠物狗,后来宠物狗病死了,她不想再伤心。我朋友喜欢上这条瘸腿狗,每次回来都给它带点吃的。可瘸腿流浪狗不贪图这吃的,而是想跟他进屋,不想当流浪狗。我朋友跟他老婆商量,觉得瘸腿狗很可怜,进来养着算了。但没想到他老婆坚决反对,说,我看到它就想起死的那个,我为了畜生已经伤够心。你要让它进来,我就走。我朋友无奈就天天关门,半夜总听见瘸腿狗在挠房门。后来,这条瘸腿狗失踪了,不知道是伤心走了,还是又去寻找新主人。

听说在一个小区,每天晚上流浪狗和流浪猫都集中在大门口,等着进来人喂养。它们风雨无阻,天天就等着黄昏的到来。我距离这个小区很近,始终想过去看,但几次都觉得这场面很难受,看了也睡不好觉。听这个小区人讲,这些流浪狗和猫都是谁谁家的宠物,爱起来比爱自己儿子都亲。不知道哪根神经错乱了,就把这些宠物轰了出来,见了就跟不认识的一样。有时流浪狗和猫见了主人亲热地凑上去,一准会挨踢,会遭前主人一句畜生的骂。后来,有的流浪狗和猫被好心人领走,那些没被领走的就像没娘的孩子,天天眼巴巴等着有人领走。我看过这么一个细节,一个流浪狗和宠物狗见了面。宠物狗趾高气扬,流浪狗低三下四。宠物狗的主人看见流浪狗大声呵斥,或者用脚踢,让流浪狗离开自己的宠物狗。我想起一句名言,兔死狐悲。若是宠物狗的主人今后不高兴了,或者厌烦了,或许把宠物狗也遗弃了。那时,宠物狗再见到这条流浪狗就梗不起脖子了,两条狗都开始骂主人了。